新・知らぬが半兵衛手控帖

隙間風

藤井邦夫

双葉文庫

目次

隙間風

新・知らぬが半兵衛手控帖

江戸町奉行所には、与力二十五騎、同心百二十人がおり、南北合わせて三百人ほどの人数がいた。その中で捕物、刑事事件を扱う同心は所謂〝三廻り同心〟と云い、各奉行所に定町廻り同心六名、臨時廻り同心六名、隠密廻り同心二名とされていた。

臨時廻り同心は、定町廻り同心の予備隊的存在だが職務は全く同じである。そして、定町廻り同心を長年勤めた者がなり、指導、相談に応じる先輩格でもあった。

第一話　笑う女

一

ぱちん……。

半兵衛の元結は、廻り髪結の房吉の鋏で切られた。

房吉は、慣れた手付きで半兵衛の髷を解し始めた。

朝陽の差し込む半兵衛の組屋敷の縁側では、日髪日剃が始まった。

「旦那、勘定奉行所が米問屋大黒屋に格安で払い下げた下谷の御公儀没収地、世間じゃあ大黒屋から勘定奉行の水野織部正さまに裏金が動いたって、専らの評判ですぜ」

房吉は、半兵衛の月代を剃り、解した髪を櫛で梳きながら告げた。

「うん。だが、その一件は勘定奉行所と大黒屋の主の交渉を仔細に書き記した勘定方下役の記録を読む限り、裏金が動いた証拠や不審な処は一切ないとの事で評定所で始末が付いたそうだ……」

半兵衛は、髪を引かれて僅かに仰け反りながら告げた。

「ま、御公儀の表向きはそうなんでしょうが、勘定奉行勝手方の水野さまの奥方さま、大黒屋の主夫婦と昔から昵懇の間柄でいろいろと世話になっているとか……」

房吉は、腹立たしさを過ぎらせた。

「うん。そいつは私も聞いているよ」

半兵衛は頷いた。

「そうですか。ま、所詮は町方の者たちの噂話。取るに足らないものですか……」

房吉は、皮肉っぽく云い、半兵衛の髷を結い始めた。

痛……。

房吉の髷を結う指先には、いつもより力が込められていた。

半兵衛は苦笑した。

不忍池には水鳥が遊び、水飛沫が煌めいていた。

半兵衛は、半次や音次郎と不忍池の畔の雑木林にやって来た。

「白縫さま、御苦労さまです」

雑木林の一角には、茅町の木戸番の茂平が待っていた。

「やあ。仏さんは何処だ……」

「はい。こちらです」

茂平は、半兵衛、半次、音次郎を、雑木林の中に誘った。

雑木林には木洩れ日が揺れていた。

半兵衛、半次、音次郎は、木戸番の茂平に誘われて来た。

「御苦労さまです……」

自身番の店番や番人、町役人たちが半兵衛、半次、音次郎を迎えた。

「うん……」

半兵衛、半次、音次郎は、木の枝に縄を掛けて首を吊っている羽織袴の中年武士に手を合わせた。

「近所の御隠居さんが散歩をしていて、連れていた犬が見付けました」

自身番の店番が告げた。

「そうか……」

羽織袴の中年武士は、微風に吹かれたようにゆっくりと廻っていた。

半兵衛は、羽織袴の中年武士を見上げた。

「仏さんの草履、その辺りにあるかな……」

半兵衛は、羽織袴の中年武士が草履を履いていなく足袋裸足なのを見詰めていた。

「えっ。あっ、はい……」

半次と音次郎は、辺りの草むらに羽織袴の中年武士の草履を探した。

「ああ、ありました……」

音次郎は、中年武士が首を吊っている木から三間（約五・五メートル）程離れた処から黒鼻緒の草履を見付けて拾い上げた。

「此処で草履を脱いで首を吊りましたか……」

音次郎は読んだ。

「さあて、そいつはどうかな……」

半兵衛は、揺れている中年武士の足袋の裏を見た。

足袋の裏は、僅かに汚れてはいたが土や草を踏んだようなはっきりした痕はなかった。

「足袋の裏、汚れちゃあいるが、土や草を踏んだはっきりした痕はない……」

　半兵衛は告げた。

「えっ……」

　音次郎は戸惑った。

「って事は、首を吊っての自害じゃあなくて、首吊りに見せ掛けた殺しかも……」

　半次は眉をひそめた。

「えっ。殺しなんですか……」

「あそこに草履を脱いで首を吊るには、此の木迄、歩かなければならない。処が足袋の裏には、土や草を踏んだ汚れはあまりない。となると、仏さんは他の場所で殺され、此処に運ばれて首を吊られたってのもある……」

　半兵衛は笑った。

「そうか……」

　音次郎は、半兵衛の読みに感心したように頷いた。

「よし、じゃあ半次。仏さんを下ろしてやってくれ……」

半兵衛は命じた。

「はい……」

半次、音次郎、自身番の者たちは、羽織袴の中年武士の死体を下ろした。

半兵衛は、筵（むしろ）の上に寝かせた羽織袴の中年武士の死体を検（あらた）めた。

羽織袴の中年武士の身体に傷はなく、首に食い込んだ縄の痕があるだけだった。

「旦那……」

半次が、懐（ふところ）から紙入れを探し出し、中の書付（かきつ）けを半兵衛に差し出した。

「勘定奉行所勘定普請役（ふしんやく）井沢新五郎（いざわしんごろう）……」

半兵衛は書付けを読み、羽織袴の中年武士が勘定奉行所役人の井沢新五郎だと知った。

「勘定奉行所のお役人ですか……」

半次は眉をひそめた。

「うん。どうやらそうらしいね……」

半兵衛は頷いた。

「退（ど）け、退け……」

数人の羽織袴の武士が、中間小者を従えて駆け寄って来た。

「うん……」

半兵衛は眉をひそめた。

半次と音次郎は、懐の十手を握り締めた。

「おお、やはり井沢だ。井沢新五郎だ……」

数人の羽織袴の武士たちは、井沢新五郎の死体に騒めいた。

「おぬしたちは……」

半兵衛は、数人の羽織袴の武士に問い質した。

「我らは勘定奉行所の者だ。侍の首吊り死体が[illegible]日から行方知れずの井沢新五郎と睨み、駆け付けて来た……」

勘定奉行所の頭分の武士が告げた。

「勘定奉行所の方々か。して、仏は井沢新[illegible]のだな」

半兵衛は念を押した。

「如何にも。ならば、井沢の遺体、引き[illegible]……」

頭分の武士は、中間小者を促した。

中間小者は、持って来た戸板に井沢[illegible]筵を掛けて運び始めた。

「ならば、御造作をお掛け致した」

頭分の武士たちは、井沢新五郎の死体を運び去ろうとした。

「待て……」

半兵衛は呼び止めた。

「何かな……」

頭分の武士が振り返った。

「私は北町奉行所の白縫半兵衛。おぬし、名は……」

半兵衛は、頭分の武士を見据えた。

「此は御無礼致した。拙者、勘定奉行所勘定普請役元締、村上半蔵……」

頭分の武士は名乗り、半兵衛に小さく会釈をして立ち去って行った。

自身番の者や町役人たちは、安堵の吐息を洩らした。

厄介払いか……。

半兵衛は苦笑した。

「旦那、良いんですか……」

半次は眉をひそめた。

「うむ。どうせ、町奉行所は支配違いだと愚図愚図云って来るに違いない。此処はちょいと様子を見るさ」

半兵衛は苦笑した。

「じゃあ旦那、奴らが仏さんを何処に運ぶか見届けて来ますか……」

半次は告げた。

「そうしてくれ。私は勘定奉行所がどんな様子なのか、ちょいと調べてみるよ」

「はい。じゃあ……」

半次は、音次郎を従えて雑木林から出て行った。

半兵衛は見送り、雑木林に煌めく木洩れ日に眼を細めた。

勘定奉行所の村上半蔵たちは、井沢新五郎の遺体を下谷御徒町の組屋敷に運んだ。

半次と音次郎は見届けた。

女の悲鳴が組屋敷から聞こえた。

「御新造さんですかね……」

音次郎は眉をひそめた。

「きっとな。気の毒に……」

半次は、井沢新五郎の御新造を哀れんだ。

井沢屋敷は、村上半蔵の指図で中間小者たちが弔いの仕度を始めた。

半次と音次郎は見守った。


北町奉行所には様々な人が出入りしていた。

半兵衛は、同心詰所に戻った。

「やあ。今日は早いですね」

当番同心が迎えた。

「うん。大久保さま、用部屋かな……」

半兵衛は尋ねた。

「あれ、珍しいですね。半兵衛さんが大久保さまに用があるとは……」

当番同心は、半兵衛が吟味方与力の大久保忠左衛門に面倒な件を押し付けられないように逃げ廻っているのを知っている。

「うん、まあね。で、いるかな……」

半兵衛は苦笑した。

吟味方与力大久保忠左衛門は、書類を書き終えて振り返った。

「して、半兵衛。何用だ……」

忠左衛門は、筋張った細い首を伸ばした。

「はい。公儀勘定方の米問屋大黒屋への下谷の没収地払い下げの一件。いろいろな噂がありますが、目付は調べているのですかな」

半兵衛は尋ねた。

「いや、あれは噂だ。噂に過ぎぬ事を調べる程の暇はないであろう」

忠左衛門は苦笑した。

「そうですか……」

半兵衛は、厳しさを滲ませた。

「うん。半兵衛、何かあるのか……」

忠左衛門は、半兵衛の様子に戸惑いを浮かべた。

「いえ。先程、不忍池の畔の雑木林で勘定奉行所の井沢新五郎と云う役人が首吊り死体で発見されましてね」

「首吊り死体、自害か……」

忠左衛門は訊き返した。

「ま、勘定奉行所の者共は、自害で始末したがっているようですが……」

半兵衛は苦笑した。

「半兵衛、違うのか……」

忠左衛門は、白髪眉をひそめた。

「未だ何とも云えませんが、勘定奉行所、いろいろありそうですね」

半兵衛は読んだ。

囲炉裏の火は燃え上がり、掛けられた鍋は湯気を噴き上げた。

「よし、出来たぞ……」

半兵衛は、鍋の蓋を取った。

鳥鍋の匂いが広がった。

「相変わらず美味そうだ……」

音次郎は、嬉し気に半兵衛と半次の椀に鳥鍋を装い始めた。

「どうぞ……」

半次は、半兵衛に酌をした。

「うん。して、半次。勘定奉行所の村上半蔵たちは、井沢新五郎の弔いを済ませたのだな」

「はい。首を吊っての自害として……」

半次は、半兵衛に酌をして、己の猪口を手酌で満たした。

「そうか……」

半兵衛は酒を飲んだ。

「何だか、一刻も早く井沢さんの首吊りに蓋をして葬りたかったようですね」

半次は苦笑した。

「そうか……」

半兵衛は、手酌で猪口に酒を満たした。

「勘定奉行所の村上半蔵さん、殺しを首吊りの自害に見せ掛けたのかもしれないのに、気が付いての事なんですかね」

半次は、首を捻った。

「さあて、そいつはどうかな……」

「もし、気が付いての事なら、井沢さんを殺めて自害に見せ掛けたのに……」

半次は読んだ。

「村上半蔵も一枚嚙んでいるか……」

半兵衛は酒を飲んだ。

「ええ……」

半次は頷いた。

「もしそうだとしたら、井沢新五郎、何故に殺されて、首吊りに見せ掛けられたか……」

半兵衛は眉をひそめた。

「井沢さん、首吊りをしてもおかしくない訳でもあったんですかね」

半次は酒を啜った。

「おそらくな。そして、そいつが何かだ……」

半兵衛は、手酌で酒を飲んだ。

「分かりました。明日、勘定奉行所の中間小者に探りを入れてみます」

「うん。そうしてくれ……」

半兵衛は頷き、酒を飲みながら鳥鍋を食べた。

鳥鍋は、囲炉裏の火に炙られて美味そうな音を鳴らしていた。

道三堀(どうさんぼり)は内濠(うちぼり)と外濠(そとぼり)を結び、道三河岸には大名屋敷や評定所などがあった。

評定所には、勘定奉行所の役人が多く出仕(しゅっし)していた。

半次と音次郎は、評定所の小者に銭を握らせた。

「えっ。首を吊った井沢新五郎さまですか……」

小者は、井沢新五郎を知っていた。

「うん。で、井沢さまが首吊り自害をした理由、知っていますかね」

半次は尋ねた。

「首吊り自害をした理由……」

「ええ……」

「大きな声では云えませんが、今、噂になっている下谷の払い下げの土地の件で、お奉行の水野織部正さまと大黒屋の主の遣(や)り取(と)り、書き取っていたのが井沢新五郎さまでして……」

小者は、銭を握り締めた。

「書き取っていた役人が井沢さま……」

半次は眉をひそめた。

「ええ。井沢さま、それがいろいろな噂の元になって勘定奉行所に迷惑を掛けたと苦にされ、お悩みだったそうでしてね。それで……」

「首吊り自害をしたと……」

半次は読んだ。

「ええ。勘定方の皆様はそう思っておいでですよ」

「そうですか。井沢さま、没収地払い下げの経緯を書き取った事で悩んでいたのですか……」

「ええ……」

小者は頷いた。

「親分……」

音次郎は眉をひそめた。

「ああ……」

井沢新五郎が自害をする理由は、それなりにあるのだ。

半次は知った。

道三堀に風が吹き抜け、水面に幾つもの小波が走った。

「ほう、下谷の没収地払い下げに関する勘定奉行の水野織部正と大黒屋の主の遺り取りの一切を書き取っていたのは、井沢新五郎だったのか……」

　半兵衛は眉をひそめた。

「ええ。それで払い下げに妙な噂が立ち、井沢さんは勘定奉行所に迷惑を掛けたと思い悩み、苦しんでいたと……」

　半次は告げた。

「それで首を吊ったか……」

「はい。勘定奉行所の方々はそう思っているようですよ」

「うん。首吊り自害をする理由になるか……」

　半兵衛は頷いた。

「ですが旦那。井沢さんは自害じゃあなくて、誰かに殺されて首吊り自害に見せ掛けられたとなると……」

　音次郎は眉をひそめた。

「ああ。話は違って来るな」

　半兵衛は、楽しそうな笑みを浮かべた。

　暮六つ（午後六時）。

町奉行所の表門を閉める刻限だ。

半兵衛は、半次と音次郎を伴って同心詰所から表門に向かった。

表門は番士たちによって閉められ始め、訪れていた者が慌てて出て行こうとしていた。

「お願いにございます……」

武家の妻女が足早に現れ、表門を閉めている番士に駆け寄った。

音次郎は、番士に駆け寄った武家の妻女を見て戸惑った。

「親分……」

半次は、番士に何事か云っている武家の妻女を見詰めて頷いた。

「うん……」

「知っているのか……」

半兵衛は戸惑った。

「はい。井沢新五郎さんの御新造さんです」

半次は告げた。

「井沢新五郎の御新造……」

半兵衛は眉をひそめた。

「はい……」

半次は頷いた。

「あっ。白縫さま……」

番士が半兵衛に気が付き、駆け寄って来た。

「どうした」

「はい。あそこにいるお武家の御新造さんが、旦那の事で内密でお話ししたい事があると仰っていまして……」

番士は、困惑した面持ちで告げた。

「旦那の事で内密の話……」

半兵衛は眉をひそめた。

「はい。どうしたら良いですかね」

「旦那……」

半次は、緊張を滲ませた。

「よし。ならば、私が話を聞こう」

半兵衛は、番士に井沢新五郎の御新造を同心詰所脇の座敷に通すように命じた。

二

薄暗い部屋の行燈に火が灯された。

火を灯した音次郎は、仄かに明るくなった部屋から出て行った。

「さ、どうぞ……」

半兵衛は、井沢新五郎の妻を誘った。

「はい。御造作をお掛け致します」

井沢新五郎の御新造は座り、半兵衛に深々と頭を下げた。

「私は北町奉行所臨時廻り同心白縫半兵衛……」

「申し遅れました。私は勘定奉行所勘定普請役を務めていた井沢新五郎が妻の絹江にございます」

「絹江さんですか。して、御主人の井沢新五郎どのの事で内密のお話があるとか……」

半兵衛は、絹江を見詰めた。

「はい。夫の井沢新五郎は、一昨日から行方知れずになり、昨日、不忍池の畔の雑木林で首を吊った姿で見付かりました」

絹江は、既に涙も涸れたのか、厳しい面持ちで告げた。

「ああ。その一件なら聞いていますが、勘定奉行所の方々は首を吊っての自害だと……」

半兵衛は、絹江の様子を窺った。

「違います」

絹江は、強い口調で否定した。

「違う……」

半兵衛は訊き返した。

「はい。井沢新五郎は、自害をしたのではありません。殺されたのです」

絹江は、怒りと哀しさを交錯させた。

「殺された……」

半兵衛は、眉をひそめて見せた。

「はい。井沢が何もかも喋るのを恐れた者共に首吊りの自害を装い、殺されたのです」

絹江は訴えた。

「だが、井沢どのが何処の誰に何故、殺されたのかは……」

「井沢は、只今噂の、下谷の没収地払い下げの一件で、勘定奉行の水野織部正さまと大黒屋主の長兵衛との話し合いの仔細を書き記したのです」

「井沢どのが……」

半兵衛は、勘定奉行水野織部正と『大黒屋』長兵衛の没収地払い下げ交渉を書き記した役人が井沢新五郎だと云う半次の聞き込みが真実だと知った。

「はい……」

「それで……」

半兵衛は、話の先を促した。

「井沢によれば、水野織部正さまと大黒屋長兵衛の話し合いでは、没収地払い下げの金額から値引きをした分だけ、水野さまに賄賂として渡す約束をされたと……」

絹江は、声を震わせた。

勘定奉行水野織部正は、『大黒屋』長兵衛から賄賂を受け取っていた。

「ならば、噂の通りなのですね」

半兵衛は、噂が事実なのだと知った。

「はい。それで井沢は真実を話すかどうか迷い、悩んだ挙句、一昨日、漸く話すと覚悟を決めて出掛けて……」

絹江は、微かに涙声になった。

「行方知れずになり、昨日、不忍池の雑木林で首を吊った自害の姿で見付かった……」

「白縫さま、井沢は没収地払い下げの真相を話すと覚悟を決めたのです。首吊りの自害などする筈はございません」

絹江は、怒りと悔しさを滲ませた。

「それで、何者かに殺されたと……」

半兵衛は眉をひそめた。

「はい。ですが、勘定奉行所の皆様方は、井沢が勘定奉行所にいろいろと迷惑を掛けたのを苦にして首を吊ったとして……」

「殺しを闇に葬ろうとしていますか……」

半兵衛は睨んだ。

「はい。白縫さま、夫の井沢新五郎は殺されたのです。殺されて首吊りの自害に見せ掛けられたのです。どうか、どうか真相を突き止め、井沢を殺した者をお縄にして下さい。井沢新五郎の無念を晴らしてやって下さい。此の通りです、お願いにございます」

絹江は、必死の面持ちで半兵衛に両手を突いて頭を下げた。

畳に突いた両手の間に涙が零れ落ちた。

「分かりました。調べてみましょう」

半兵衛は引き受けた。

「あ、ありがとうございます」

絹江は喜んだ。

「ですが、勘定奉行所は勿論、旗本御家人は我ら町奉行所の支配違い。ま、どれだけ出来るか分かりませんが、やれるだけやってみましょう」

半兵衛は微笑んだ。

呉服橋御門の架かっている外濠に月影は揺れた。

北町奉行所は表門を閉じ、出入りは脇門が使われていた。

半兵衛は、絹江を見送って脇門から出て来た。

絹江は、半兵衛に深々と頭を下げて立ち去って行った。

半兵衛は見送った。

「旦那……」

半次と音次郎が、暗がりから現れた。

「組屋敷に帰るのを見届けてくれ。ひょっとしたら勘定奉行所の連中が見張っているかもしれない。気を付けてな」

半兵衛は眉をひそめた。

「承知。じゃあ……」

半次と音次郎は、絹江を追った。

「井沢新五郎は迷い悩み、苦しんだ挙句、没収地払い下げの真相を話す覚悟を決めたか……」

半兵衛は、井沢新五郎に哀れみを覚えずにはいられなかった。

御徒町の組屋敷街は、夜の静けさに沈んでいた。

井沢絹江は、組屋敷街を足早に進んだ。

半次と音次郎は追った。

絹江は、暗い組屋敷を囲む板塀の木戸門に入って行った。

半次と音次郎は見届けた。

「無事に帰りましたね」

音次郎は、安堵を過ぎらせた。

「ああ。だけど、此からどうなるか……」

半次は眉をひそめた。

「えっ……」

音次郎は戸惑った。

「音次郎……」

半次は、井沢屋敷の板塀の陰にいる浪人と半纏を着た男を示した。

「あっ……」

音次郎は気が付いた。

「さあて、何処のどいつか……」

半次は、厳しい面持ちで浪人と半纏を着た男を見詰めた。

浪人と半纏を着た男は、絹江が帰って来たのを見届け、井沢屋敷から離れた。

「親分……」

「うん。俺は絹江を見張る。奴らが何処に行くか突き止め、何者かをな」

半次は命じた。

「合点です。じゃあ……」

音次郎は、暗がり伝いに浪人と半纏を着た男を追った。

半次は見送り、絹江が一人いる井沢屋敷を窺った。

井沢屋敷には、小さな明かりが灯されていた。

三味線堀界隈には、大名旗本屋敷の辻行燈が灯されていた。

浪人と半纏を着た男は、御徒町の組屋敷街から三味線堀に抜け、浅草に向かった。

音次郎は、暗がり伝いに追った。

浪人と半纏を着た男は、三味線堀から元鳥越に抜け、蔵前の通りに出た。そして、浅草広小路に急いだ。

何処に行く……。

音次郎は追った。

浪人と半纏を着た男は、人気のない浅草広小路を横切って花川戸町に入った。

花川戸町は、吾妻橋の西詰から隅田川沿いに北に続く町だ。

浪人と半纏を着た男は、花川戸町を進んで大戸を閉めた大店に入った。

音次郎は見届けた。

大店は、何枚かの御用達の看板を掲げた米問屋『大黒屋』だった。

「大黒屋の息の掛かった奴らか……」

音次郎は、浪人と半纏を着た男の素性を知った。


「して、井沢屋敷を見張っていた浪人と半纏を着た男、浅草花川戸の米問屋大黒屋に入ったのか……」

半兵衛は苦笑した。

「はい……」

音次郎は頷いた。

「で、絹江は組屋敷に真っ直ぐ帰り、その後は動かなかったのだな」

「はい。それから、浪人と半纏を着た男以外に組屋敷を見張る者はおりませんでした」

半次は告げた。

「そうか……」

半兵衛は頷いた。

「旦那。大黒屋が出て来たのは、こっちにとっては好都合ですね」

半次は、小さな笑みを浮かべた。

「ああ。大黒屋は町奉行所支配、勘定奉行所に遠慮なく探索出来るか……」

半兵衛は、半次の笑みを読んだ。

「ええ。それにしても旦那。御新造さんが井沢新五郎さまは殺されたと訴えて来るとは思いもしませんでしたね」

「ああ。井沢さんは公儀の没収地払い下げの裏に勘定奉行水野織部正と大黒屋長兵衛の不正があると訴える覚悟を決めて出掛け、首吊り死体で見付かった。勘定奉行所の連中は、それを思い悩んでの自害だとしたが、御新造は井沢さんが己から首を吊る筈はなく、自害に見せ掛けて殺されたと気が付き、秘かに訴え出た……」

半兵衛は、井沢新五郎の覚悟と絹江の睨みを告げた。

「御新造さんが町奉行所に秘かに訴えた事を勘定奉行の水野織部正が知れば、何をするか分かりませんね」

半次は眉をひそめた。

「うん。騒ぎ立てないように口封じに掛かるのは、間違いあるまい」

半兵衛は読んだ。

「はい……」

半次は、厳しい面持ちで頷いた。

「よし。半次、絹江に張り付き、何があっても護(まも)るのだ」

「心得(こころえ)ました」

半次は頷いた。

「私と音次郎は、井沢屋敷を見張っていた奴らを締め上げる」

半兵衛は、探索を急ぐ事にした。

神田川(かんだがわ)には荷船が行き交った。

半次は、神田川に架かっている和泉橋(いずみばし)を渡り、御徒町に向かおうとした。

「半次の親分じゃありませんか……」

神田川沿いの道をやって来た托鉢坊主(たくはつぼうず)が、古い饅頭笠(まんじゅうがさ)を上げた。

「おう。雲海坊(うんかいぼう)か……」

半次は、托鉢坊主が雲海坊だと気が付いた。

雲海坊は、岡っ引の柳橋の弥平次の身内で優れた手先だった。

「お役目ですかい……」

「うむ。ちょいとな……」

「何でしたらお手伝いしますが……」

雲海坊は笑った。

「そいつはありがたい。じゃあ、一緒に来てくれ。何をするかは道々話すぜ」

「承知……」

雲海坊は頷き、御徒町に行く半次に続いた。

浅草花川戸町の隅田川の船着場には荷船が船縁を寄せ、人足たちが米俵を降ろしていた。

半兵衛と音次郎は、米問屋『大黒屋』を眺めていた。

米問屋『大黒屋』では、人足たちが番頭の指図で店の横手の土蔵に米俵を運び込んでいた。

「大黒屋、随分と繁盛しているようだな」

半兵衛は、物陰から見守った。

「はい……」

音次郎は頷いた。

「尤も繁盛していなければ、没収地払い下げや賄賂に使う金はないか……」

半兵衛は苦笑した。

「旦那……」

音次郎が、『大黒屋』の裏手から出て来た半纏を着た男を示した。

「昨夜、井沢屋敷を見張っていた半纏男か……」

半兵衛は、半纏を着た男を見詰めた。

「はい。間違いありません」

音次郎は、喉を鳴らして頷いた。

半纏を着た男は、軽い足取りで浅草広小路に向かった。

「よし、追うよ」

「合点です」

半兵衛と音次郎は、半纏を着た男を追った。

浅草広小路は、金龍山浅草寺の参拝客や遊び客で賑わっていた。

半纏を着た男は、広小路の雑踏を通って新寺町に向かった。

「野郎、御徒町に行くんですかね」

御徒町の組屋敷には、新寺町を通っても行く事が出来る。

音次郎は、半纏を着た男の行き先を読んだ。

「よし。新寺町の人気のない処で押さえる……」

半兵衛は決めた。

「合点です」

音次郎は意気込んだ。

新寺町の通りは浅草と下谷を結び、左右に多くの寺が連なっていた。

人通りは少なく、寺の住職の読む経が聞こえていた。

半纏を着た男は、軽い足取りで進んだ。

「おう、ちょいと待ちな……」

半兵衛は呼び止めた。

半纏を着た男は振り返り、呼び止めたのが町方同心だと知って秘かに舌打ちした。

「こりゃあ旦那、あっしに何か……」

半纏を着た男は、腰を僅かに屈めた。

「うん。お前、名前は……」

半兵衛は訊いた。

「えっ。あっしが何か……」

半纏を着た男は、惚けようとした。

「旦那は、名前を訊いているんだ」

音次郎は凄んだ。

「し、新助です」

半纏を着た男は、新助と名乗った。

「じゃあ新助、面、貸して貰おうか……」

半兵衛は笑い掛けた。

「旦那……」

新助は、誤魔化すように笑った。

刹那、半兵衛は新助の頰を平手打ちにした。

乾いた音が鳴った。

半兵衛は、不意の出来事に呆然とした面持ちの新助を傍らの古寺の境内に引きずり込んだ。

新助は、銀杏の木の根元に突き飛ばされた。

「何しやがる……」

新助は、怯えと怒りを交錯させた。

「新助、お前、大黒屋長兵衛に何を命じられて動いているのだ」

半兵衛は笑い掛けた。

「えっ。大黒屋の旦那には、別に何も命じられちゃあいませんぜ」

新助は惚けた。

「惚けるんじゃあねえ」

音次郎は怒鳴った。

「新助、大黒屋長兵衛は下谷の没収地払い下げの一件で勘定奉行所役人を殺した疑いが掛かっている。下手な忠義立ては、獄門台への道連れになるが、それでも良いのだな」

半兵衛は嘲りを浮かべた。

「だ、旦那……」

新助は怯えた。

「そいつが嫌なら、何もかも正直に話すんだな……」

「は、はい。大黒屋の旦那には、御徒町の組屋敷に住んでいる井沢絹江って御新造の動きを探るように云われています」

「その御新造の動きを探ってどうするんだ」

「もし、目付や評定所に駆け込んだら、始末しろと……」

新助は、嗄れ声を引き攣らせた。

「始末だと……」

半兵衛は眉をひそめた。

「はい。いえ、長兵衛旦那に命じられたのは、日下部さんです」

「日下部さんってのは浪人か……」

半兵衛は読んだ。

「はい。長兵衛旦那、日下部さんに御新造を始末しろと……」

「新助、浪人の日下部、名は何て云うのだ」

「日下部甚内……」

「日下部甚内か……」

　半兵衛と音次郎は、浪人の名を知った。

「はい……」

「新助、その日下部甚内、長兵衛に頼まれて勘定奉行所の役人を殺したのか……」

　半兵衛は、新助を鋭く見据えた。

「知りません。あっしは、そこ迄は知りません」

　新助は、声を震(ふる)わせた。

「新助……」

「旦那、本当です。本当に知らないんです」

　新助は、必死に訴えた。

「ならば、新助、日下部甚内は何処にいる」

「日下部さんは、女の処です」

「女……」

「ええ……」

「何処の何て女だ」

「浅草田町のおきちって女です」

「浅草田町のおきち。新助、嘘偽りはないな」

半兵衛は念を押した。

「はい……」

新助は頷いた。

「よし。新助、此の事、長兵衛に知れるとお前の命はない……」

「承知しております」

「ならば、何処かで刻を潰し、御新造に動きはないと云うのだな」

半兵衛は告げ、新助を放免した。


物売りの声は、御徒町の組屋敷街に長閑に響いていた。

井沢屋敷の木戸門が開き、絹江が風呂敷包みを抱えて現れた。

絹江は、辺りに不審な者がいないのを見定め、神田川に向かった。

雲海坊が物陰から現れ、小声で経を読みながら絹江を尾行始めた。

続いて半次が現れ、雲海坊を追った。

絹江は、時々背後を窺いながら進んだ。

雲海坊は、絹江の警戒を気にせず、経を読みながら進んだ。
何処に何しに行くのか……。
半次は、想いを巡らせながら絹江を尾行る雲海坊を追った。

三

神田川の流れは煌めいていた。
絹江は、神田川に架かっている和泉橋を渡った。
雲海坊は続いた。
絹江は、柳原(やなぎわら)通りを神田八ツ小路(やつこうじ)に向かった。
神田八ツ小路は多くの人が行き交っていた。
絹江は、神田八ツ小路を南西に進んだ。
雲海坊は立ち止まり、南西に進む絹江を見送った。
「雲海坊……」
半次が駆け寄った。
「あそこに……」
雲海坊は南西に進む絹江を示した。

「よし……」

半次は、雲海坊と交替して絹江を追った。

絹江は、神田八ツ小路から南西に進んで神田連雀町に入った。

半次は尾行た。

絹江は、連雀町の片隅にある小さな古い家に入った。

半次は見届けた。

絹江の入った小さな古い家は、格子戸の脇に古い看板が掛けられていた。だが、古い看板の文字は風雨に晒され、はっきりとは読めなかった。

半次は、僅かに苛立った。

「此処ですか……」

雲海坊が追って来た。

「あの家に入った」

半次は、小さな古い家を示した。

「ああ。喜十さんの家ですか……」

雲海坊は、小さな古い家の主を知っていた。

「喜十、何者だい……」

「研師ですよ」

「研師……」

「ええ。腕の良い研師だそうですよ」

「研師ねえ……」

研師は、刃物や鏡を研ぐのが仕事だ。

絹江は、研師の喜十に何を研いで貰いに来たのか……。

半次は眉をひそめた。


山谷堀は、三ノ輪町から隅田川に流れ込んでいる。

浅草田町は、山谷堀と日本堤沿いにある町だった。

半兵衛と音次郎は、浅草田町の自身番に赴いた。

「おきちですか……」

自身番の店番は、町内名簿を捲った。

「うむ。おそらく三十歳前後の色っぽい女だと思うが……」

半兵衛は、浪人の日下部甚内が入り浸っている女をそう睨んだ。

「三十前後の色っぽいおきちですか……」

店番は、町内名簿を捲り続けた。

半兵衛と音次郎は見守った。

「あっ、此の女ですかね……」

「いましたか……」

音次郎は、身を乗り出した。

「ええ。おきち、三十二歳。妾稼業(めかけかぎょう)の女ですね」

店番は告げた。

「妾稼業……」

音次郎は眉をひそめた。

「ええ。何日かに一度、旦那が通って来ましてね。月々のお手当てを貰うって稼業ですよ」

店番は笑った。

「して、家は何処かな……」

半兵衛は訊いた。

研師喜十の家の格子戸が開いた。

半次と雲海坊は、物陰から見守った。

絹江が研師喜十の家から現れ、神田八ツ小路に向かった。

半次と雲海坊は追った。


板塀に囲まれた仕舞屋は、日本堤の傍にあった。

半兵衛は、日本堤から板塀に囲まれた仕舞屋を眺めていた。

「旦那……」

音次郎が駆け寄って来た。

「何か分かったか……」

「はい。近所の人の話じゃあ、妾稼業のおきち、駒形町の傘屋の旦那と南本所番場町の仏具屋の隠居が、それぞれ十日置きに通って来ているそうですぜ」

音次郎は報せた。

「ほう、旦那、二人もいるのか……」

半兵衛は苦笑した。

「ええ。流石は妾稼業、中々の遣り手ですね」

　音次郎は感心した。

「して、おきちの家に日下部甚内はいるのか」

「ええ、いるそうですよ。日下部甚内、二人の旦那が来る時には出掛けるとか……」

「流石に二人の旦那には、内緒なのかな」

　半兵衛は読んだ。

「きっと。得体の知れない浪人の紐がいるとなると、囲ってくれる旦那も中々いませんからね」

　音次郎は苦笑した。

「して、今日はいるのかな……」

「今日は五の付く日で、傘屋の旦那の来る日だそうです」

「ならば日下部甚内、これから出掛けるかな」

　半兵衛は読んだ。

「きっと……」

　音次郎は頷いた。

　山谷堀に猪牙舟の櫓の軋みが響いた。

猪牙舟は、二人のお店の旦那を乗せて流れを遡って行った。

浅草田町の先にある新吉原に行く客かもしれない。

半兵衛と音次郎は、おきちの家を見張った。


絹江は、御徒町の通りを足早に進んだ。

半次と雲海坊は尾行た。

「どうやら、組屋敷に帰るようだな」

半次は睨んだ。

「ええ……」

雲海坊は頷いた。

絹江は、井沢屋敷の木戸門に近付いた。

「絹江どの……」

板塀の陰から勘定奉行所の村上半蔵が配下の武士を従えて現れた。

「村上さま……」

絹江は緊張した。

「何処に行かれたのですか……」

村上半蔵は、絹江を厳しく見据えた。

「知り合いの処に……」

絹江は、緊張した面持ちで村上半蔵を見返した。

「いろいろな噂が立っている。要らざる動きは慎まれた方が良い。さもなければ、井沢の覚悟の自害が無駄になる」

「は、はい。では……」

絹江は、村上半蔵に会釈をして井沢屋敷の木戸門を入った。

村上半蔵は、厳しい面持ちで見送った。

「津上……」

村上半蔵は、配下の武士を呼んだ。

「はい……」

「妙な動きをしないように見張れ……」

村上は、井沢屋敷を見詰めて告げた。

「はい……」

津上と呼ばれた配下の武士は頷いた。

「万が一の時は、容赦(ようしゃ)は無用……」

村上半蔵は命じた。

「心得ました」

津上は頷いた。

村上半蔵は、津上を残して立ち去った。

津上は、井沢屋敷を窺い、斜向(はすむ)かいの組屋敷の路地に入った。


「半次の親分……」

「ああ。勘定奉行所の奴ら、御新造が北町奉行所に駆け込んだのに気が付いていないな」

半次は睨んだ。

「ええ。御新造、さっさと駆け込んで良かったですね」

雲海坊は笑った。

「ああ。それにしても、此のままじゃあ御新造も危ないな」

半次は眉をひそめた。

「ええ。さっさと身を隠した方が良いかもしれませんね」

雲海坊は頷いた。

「うん。邪魔なのは、あの津上って野郎だな」

半次は、津上の潜んだ路地を窺った。

「津上の野郎は引き受けますぜ」

「出来るか……」

「おそらく……」

雲海坊は笑った。


組屋敷街に経が響いた。

雲海坊が経を読みながら現れ、井沢屋敷の木戸門の前に佇んだ。

津上は、斜向かいの組屋敷の路地から窺った。

雲海坊は経を読んだ。

井沢屋敷の勝手口から絹江が現れた。

雲海坊は、経を読みながら警戒するように周囲を見廻した。

そして、斜向かいの路地にいる津上に気が付き、狼狽えて見せた。

津上は眉をひそめた。

雲海坊は、井沢屋敷の前から離れ、逃げるように神田川に向かった。

怪しい坊主……。

津上は、雲海坊を追った。

絹江は、怪訝な面持ちで見送った。

物陰から現れた半次は、雲海坊と津上を見送って井沢屋敷の絹江の許に走った。

「御新造さま、あっしは北町奉行所の白縫半兵衛旦那の御用を承っている者です……」

半次は、懐の十手を見せた。

「白縫さまの……」

絹江は眉をひそめた。

おきちの家を囲む板塀の木戸が開いた。

半兵衛と音次郎は見守った。

背の高い浪人が、おきちの家から出て来た。

「旦那……」

「うむ。日下部甚内だな……」

半兵衛は、山谷堀沿いの道を行く浪人を日下部甚内だと見定めた。

「きっと……」

音次郎は頷いた。

「よし。追うよ……」

「じゃあ、あっしが先に……」

音次郎は、日下部甚内を追った。

半兵衛は続いた。

日下部甚内は、山谷堀沿いの道から金龍山浅草寺の裏に続く道に曲がった。

音次郎と半兵衛は追った。


雲海坊は、御徒町の通りから神田川沿いの道に出た。

津上は追って来た。

雲海坊は、神田川に架かっている和泉橋に進んだ。

「待て……」

津上は、雲海坊に追い縋(おいすが)った。

雲海坊は立ち止まった。

「坊主、井沢屋敷に何しに来たのだ」

津上は、居丈高に怒鳴り、雲海坊の背後に近付いた。

刹那、雲海坊は振り返りながら錫杖を振るった。

錫杖は、津上の向こう脛を打ち払った。

乾いた音が鳴り、津上は思わず声を上げて大きくよろめいた。

雲海坊は、欄干に縋る津上の顔を錫杖の石突で押した。

「や、止めろ。止めてくれ」

津上は、悲鳴を上げて神田川に落ちた。

水飛沫が上がり、煌めいた。


浪人の日下部甚内は、浅草寺の賑やかな境内を抜けて新寺町に進んだ。

音次郎は尾行た。

半兵衛は、音次郎に続いた。

御徒町の井沢屋敷に行くのか……。

半兵衛は読んだ。

日下部は、新寺町の通りから三味線堀に抜け、御徒町に向かった。

やはり井沢屋敷に行く……。

半兵衛は睨んだ。


御徒町の井沢屋敷に絹江はいなかった。

浪人の日下部甚内は、厳しい面持ちで井沢屋敷を窺った。

半兵衛は、物陰で見守った。

「旦那、親分は何処にもいませんぜ」

音次郎は、半兵衛に駆け寄って告げた。

「そうか……」

絹江が出掛け、半次は追った……。

半兵衛は読んだ。

日下部甚内は、井沢屋敷に絹江がいないと見定め、険しさを滲ませて来た道を戻り始めた。

「旦那……」

音次郎は眉をひそめた。

「おそらく、花川戸の米問屋大黒屋の長兵衛の処に行くのだろう」

半兵衛は読んだ。

「追って、見定めますか……」

「そうしてくれ。私は半次を捜してみるよ」

「合点です。じゃあ……」

「気を付けてな……」

半兵衛は、日下部甚内を追って行く音次郎を見送った。


北町奉行所は夕陽に照らされていた。

半兵衛は表門を潜った。

表門脇の腰掛に雲海坊がいた。

「半兵衛の旦那……」

「おう。雲海坊じゃあないか……」

半兵衛は戸惑った。

「はい。半次の親分の使いで……」

雲海坊は笑った。

「絹江さんが動いたのか……」

「いいえ……」

雲海坊は、半次が勘定奉行所の村上半蔵と津上の動きを知り、絹江を組屋敷から秘かに連れ出した事を報せた。

「そうだったのか。して、雲海坊。半次は絹江さんを何処に連れて行ったのだ」

半兵衛は尋ねた。

「柳橋は、笹舟(ささぶね)に……」

雲海坊は囁(ささや)いた。

「そうか。そいつは安心だ……」

半兵衛は笑った。

半次は、絹江を岡っ引の柳橋の弥平次夫婦の営む船宿(ふなやど)『笹舟』に匿(かくま)ったのだ。

「それにしても、万が一の時は、容赦は無用か……」

半兵衛は、勘定奉行水野織部正の出方を知った。

日下部甚内は、米問屋『大黒屋』長兵衛に命じられて絹江の命を狙っている。

半兵衛は眉をひそめた。

何(いず)れにしろ、勘定奉行の水野織部正と米問屋『大黒屋』長兵衛は、我が身を護る為なら手立ては選ばない。

尻に火を付けてやるか……。

半兵衛は、楽しそうな笑みを浮かべた。

「何、勘定奉行所の井沢新五郎の死は首吊り自害に見せ掛けた殺しだと……」

大久保忠左衛門は、筋張った細い首を伸ばした。

「はい。井沢新五郎さんは、公儀没収地払い下げの不正を目付に訴え出る覚悟を決めた。それで殺され、自害に見せ掛けて一件を有耶無耶（うやむや）にしようとされている……」

半兵衛は告げた。

「半兵衛、今の話、本当なのか、間違いないのか……」

忠左衛門は、筋張った細い首を震わせた。

「はい。そして奴らは今、井沢新五郎さんの覚悟を知る御新造の絹江さんの口を塞（ふさ）ごうとしています」

「半兵衛、そ奴らは誰だ。大黒屋長兵衛か……」

「それに、水野織部正……」

半兵衛は苦笑した。

「おのれ。勘定奉行でありながら……」

忠左衛門は、怒りに喉仏(のどぼとけ)を引き攣らせた。

「それで大久保さま、井沢新五郎は首吊り自害に見せ掛けられた殺しだと、目付にお報せ下さい」

「お目付に……」

「はい。目付が動けば、水野織部正は狼狽え、大黒屋長兵衛に事の始末を急がせ、尻尾を出す筈です」

半兵衛は、己の読みと企(くわだ)てを告げた。

「よし、分かった。半兵衛、明日一番にお目付に報せよう」

忠左衛門は、筋張った細い首で頷いた。

「はい……」

半兵衛は、笑みを浮かべて頷いた。

神田川は柳橋を抜けて大川(おおかわ)に流れ込む。

柳橋の船宿『笹舟』は、夜風に暖簾(のれん)を揺らしていた。

半兵衛は、船宿『笹舟』を訪れた。

船宿『笹舟』の主で岡っ引の弥平次は、絹江を奥の座敷に匿っていた。

座敷の周囲には、半次の他に弥平次の手先の由松（よしまつ）と勇次（ゆうじ）が警戒していた。

「やあ。柳橋の親分、造作を掛けるね」

半兵衛は、弥平次に礼を述べた。

「いえ。どうって事はありませんよ」

弥平次は、笑顔で半兵衛を迎えた。

「話は半次に聞いた思うが、宜（よろ）しく頼む」

半兵衛は、弥平次に頭を下げた。

「そいつはもう。それにしても殺しを首吊り自害に見せ掛け、御新造も狙うとは、何処迄も薄汚い悪党ですね」

「うん……」

「で、幸吉（こうきち）が今、水野屋敷の様子を窺いに行っていますよ」

弥平次は、南町奉行所吟味方与力秋山久蔵（あきやまきゅうぞう）から手札（てふだ）を貰っている老練（ろうれん）な岡っ引であり、遣る事に隙（すき）は無い。

「そいつは助かる。して、御新造は……」

行燈の火は、絹江の横顔を照らしていた。

「やあ。急な事で驚かせたね」

半兵衛は、絹江に笑い掛けた。

「いいえ。いろいろと御迷惑をお掛けします」

「いや。水野織部正や大黒屋長兵衛、井沢新五郎さんの覚悟を知っている御新造の口を封じようとしていましてね」

「はい。半次の親分さんに聞きました」

絹江は頷いた。

「それで、此方(こちら)も仕掛ける事にしたので、奴らの動きも激しくなるでしょう。暫(しばら)く此処に隠れていて下さい」

半兵衛は告げた。

「はい、心得ました……」

絹江は、固い面持ちで頷いた。

半兵衛は、絹江が何事かの覚悟を秘めているように感じた。

行燈の火は瞬(またた)いた。

四

駿河台の武家屋敷街は夜の闇に覆われていた。

駿河台小袋町に勘定奉行水野織部正の屋敷はあった。

「此のお屋敷かい……」

下っ引の幸吉は、連れて来てくれた渡り中間に念を押した。

「ああ。先月迄雇われていたんだ。勘定奉行の水野織部正の屋敷に間違いねえ」

渡り中間は苦笑した。

「そうか。で、水野織部正、どんな奴かな」

幸吉は、渡り中間に小銭を握らせた。


水野屋敷の座敷には、酒を飲む水野織部正と配下の村上半蔵たちがいた。

「それで村上、井沢絹江は組屋敷から姿を消したままなのか……」

水野は、鋭い眼差しで村上を見据えた。

「はい。配下の津上が見張っていたのですが、得体の知れぬ托鉢坊主に誘い出され、その隙に……」

村上は、腹立たし気に告げた。

「愚か者……」

水野は、酒を飲んでいた盃を村上に投げ付けた。

盃は酒を撒き散らして飛び、村上の額に当たった。

村上は、思わず両手で顔を覆って蹲った。

「絹江に逃げられた失態を配下に擦り付ける役立たずの卑怯者」

水野は座を立ち、顔を醜く歪めて罵り、蹲っている村上を蹴り飛ばした。

村上は、呻き声を上げて仰向けに倒れた。

その額は血に濡れていた。

「退がれ、村上。最早、お役御免だ。退がれ、退がれ……」

水野は怒鳴った。

村上は、手拭で額の血を押さえて座敷から出て行った。

「おのれ、捜せ。井沢絹江を一刻も早く捜し出し、長兵衛に始末させるんだ……」

水野は、残った配下の者たちに命じた。

水野屋敷表門脇の潜り戸が開き、村上半蔵が手拭で額を押さえながら出て来た。

幸吉と渡り中間は、暗がりから見守った。

村上は振り返り、水野屋敷を睨み付けた。

「おのれ、水野……」

村上は吐き棄て、水野屋敷から立ち去った。

「何かあったのかな……」

幸吉は眉をひそめた。

「水野屋敷に渡り中間の仲間がいる。ちょいと訊いてくるか……」

「ああ。酒手は弾むぜ」

幸吉は笑った。

先ずは、米問屋『大黒屋』長兵衛に仕掛ける……。

半兵衛は、半次を従えて浅草花川戸町の米問屋『大黒屋』に向かった。

米問屋『大黒屋』は、人足たちが米俵を積んだ大八車を引いて出掛けて行った。

音次郎は、斜向かいの路地から『大黒屋』を見張っていた。

半次と半兵衛が、路地の奥からやって来た。

「親分、旦那……」

「音次郎……」

「音次郎。日下部甚内はどうした……」

音次郎は報せた。

「昨日はおきちの処に傘屋の旦那が泊まる日でしたから、ずっと大黒屋に……」

「よし。日下部甚内を井沢新五郎殺しでお縄にするよ」

半兵衛は告げた。

「合点です……」

音次郎は頷いた。

「旦那……」

半次は、米問屋『大黒屋』を見詰めた。

米問屋『大黒屋』から、浪人の日下部甚内が長兵衛や新助と出て来た。

「よし。行くよ」

半兵衛は、斜向かいの路地を出た。

半次と音次郎は続いた。

日下部甚内と長兵衛は、半兵衛たちに気が付いて立ち止まった。

新助は後退りした。

「日下部甚内、勘定普請役の井沢新五郎を殺し、死体を不忍池の雑木林に運んで首吊りの自害に見せ掛けた。そうだな……」

半兵衛は、日下部を見据えて告げた。

「何……」

日下部は眉をひそめた。

「では、日下部さん、手前はお先に、新助……」

長兵衛は、半兵衛に腰を屈めて新助と立ち去ろうとした。

「待ちな、長兵衛。お前も一緒に来て貰うよ」

半兵衛は、長兵衛に笑い掛けた。

「えっ……」

長兵衛は狼狽えた。

「何もかも、勘定奉行の水野織部正さまと談合の上での事かな……」

半兵衛は、長兵衛を厳しく見据えた。

「し、知らぬ。手前は何も知りません。日下部さんが勘定普請役元締の村上半蔵さまと勝手にやった事です、手前は何も知りません」

長兵衛は叫んだ。

「おのれ、長兵衛……」

日下部は、抜き打ちに長兵衛を斬った。

長兵衛は、血を飛ばして仰け反った。

半次と音次郎は、十手を構えた。

「日下部……」

半兵衛は一喝した。

日下部は、血に濡れた刀で半兵衛に斬り掛かった。

半兵衛は踏み込み、鋭い一刀を放った。

閃光が走った。

日下部は脇腹を斬られ、血を滴らせてよろめいて倒れた。

半次と音次郎は、倒れている長兵衛に駆け寄った。

長兵衛は、苦しく息を鳴らしていた。

「旦那、息があります」

半次は告げた。

「半次、音次郎、長兵衛を大黒屋に運べ。新助、医者を呼んで来い」

半兵衛は命じた。

「へ、へい……」

新助は、医者を呼びに走った。

半次と音次郎は、長兵衛を『大黒屋』に運んだ。

半兵衛は、倒れている日下部甚内の様子を窺った。

日下部は微かに息をしていたが、既に顔には死相が浮かんでいた。

「日下部……」

「井沢を殺して吊ったのは、俺と村上半蔵……」

日下部は死を覚悟したのか、頰を引き攣らせて笑った。

「村上半蔵……」

「ああ……」

「そいつは、水野織部正の指図か……」

半兵衛は尋ねた。

「村上は知らぬが、俺は長兵衛に金を貰っての事だ……」

日下部は、苦笑しながら絶命した。

「日下部……」

半兵衛は、日下部甚内の死体に手を合わせた。

米問屋『大黒屋』長兵衛は、命は取り留めたが、意識を失ったままだった。

半兵衛は、勘定奉行所で井沢新五郎の上役だった村上半蔵を追った。だが、村上半蔵は姿を消していた。

半兵衛は、半次と音次郎に村上半蔵を追わせ、船宿『笹舟』を訪れた。

「そうですか、井沢を殺したのは、日下部と云う浪人と村上半蔵でしたか……」

絹江は、半兵衛の言葉に頷いた。

「ですが、村上半蔵、逸早く姿を消していましてね……」

半兵衛は、腹立たし気に告げた。

「村上半蔵ですか……」

柳橋の弥平次は眉をひそめた。

「知っているのか……」

「幸吉に聞いたんですがね。村上半蔵、水野織部正の怒りに触れ、お役御免にされて勘定奉行所を追い出されたようですよ」

弥平次は告げた。

「勘定奉行所を追い出された」

半兵衛は眉をひそめた。

「うむ。儂もそれを聞いて驚いた……」

大久保忠左衛門は、筋張った細い首を伸ばした。

「そうですか……」

半兵衛は、村上半蔵がお役御免になったのが事実だと知った。

「うむ。それから半兵衛。水野織部正、配下の支配不行届を恥じ、勘定奉行のお役目を返上したそうだ」

「お役目を返上した……」

半兵衛は、思わず訊き返した。

「左様。流石は悪党、己の身が危うしとなると、形振り構わず逃げを打つ。此でお目付も評定所の方々も殊勝な心掛けとし、お構いなしにするやもしれぬ……」

忠左衛門は、怒りに筋張った細い首を震わせた。

「そうですか……」

「半兵衛、後は村上半蔵を何としても捕らえ、すべては水野織部正が私腹を肥やす為の企てだと、吐かせるしかあるまい……」

「ええ……」

此のまま水野織部正を放って置く訳にはいかない……。

半兵衛は頷いた。

「白縫さま……」

小者が用部屋の庭先にやって来た。

「どうした……」

半兵衛は、濡れ縁に出た。

「岡っ引の柳橋の弥平次親分の身内の幸吉がお目通りを願っています」

小者は告げた。

「通してくれ」

「はい……」

小者が立ち去り、幸吉が入って来た。

「おう。どうした、幸吉……」

「はい。井沢絹江さまが姿を消しました」

幸吉は、忠左衛門に挨拶をし、半兵衛に報せた。

「何、絹江さんが……」

半兵衛は、厳しさを浮かべた。

井沢絹江は、日下部甚内が死に、村上半蔵がお役御免になったのを知り、船宿『笹舟』を出て御徒町の組屋敷に戻った。そして、幸吉や雲海坊たちが見張りに付いた。だが、絹江は、垣根で区切られている裏の組屋敷の庭伝いに抜け出して行ったのだ。

幸吉と雲海坊たちは、絹江が村上半蔵に連れ去られたのではないのに安堵し、その行方を捜した。

半兵衛は、幸吉と井沢屋敷に駆け付けた。

雲海坊がいた。

「どうだ、御新造さん帰って来たか……」

幸吉は訊いた。

「いいや。旦那の墓に現れた後、姿を消したそうだぜ」

雲海坊は、幸吉に報せた。

「井沢新五郎の墓か……」

半兵衛は思いを巡らせた。

死んだ夫の墓参り……。

ならば、黙って裏の家から抜け出す必要はない。だが、絹江は幸吉たちに内緒で裏の家から出掛けた。

絹江は墓参りの後、何かをしようとしている……。

半兵衛は読んだ。

「それで今、由松と勇次が、御新造さんが立ち廻りそうな処を探しているよ」

雲海坊は告げた。

「そうか……」

幸吉は頷いた。

「そう云えば雲海坊、絹江さんは神田連雀町の研師の家を訪れたと、半次に聞いたが……」

半兵衛は、雲海坊に訊いた。

「はい。研師の喜十さんの処に……」

「何しに行ったのだ」

「さあ、そこ迄は……」

「よし。じゃあ、案内してくれ」

半兵衛は幸吉を残し、雲海坊と共に神田連雀町の研師喜十の家に急いだ。


「はい。井沢絹江さまなら、先程お見えになりましたが……」

研師の喜十は、戸惑いを浮かべた。

「絹江さんは何しに来たのだ……」

半兵衛は尋ねた。

「えっ、何しにって、研ぎに出されていた懐剣を引き取りにお見えに……」

喜十は告げた。

「そうか、此の前、懐剣を研ぎに出しに来たのか……」

雲海坊は知った。

「研ぎに出した懐剣を引き取りに……」

半兵衛は眉をひそめた。

「はい。何でもお亡くなりになられた御主人さまが、お誂え下さった物とか……」

喜十は微笑んだ。

「半兵衛の旦那……」

雲海坊は緊張した。

「うむ……」

半兵衛は眉をひそめた。

本郷御弓町の村上屋敷は、静寂に覆われていた。

半次と音次郎は、村上半蔵が帰って来るのを待っていた。

だが、村上半蔵が帰って来る事はなく、目付配下の武士が時々姿を見せた。

「村上半蔵、徒目付が動いていると知り、もう戻って来ないかもしれませんね」

音次郎は読んだ。

「ああ……」

半次は、厳しい面持ちで頷いた。

駿河台小袋町の水野屋敷は、表門を閉じて静けさに沈んでいた。

半兵衛は、土塀の陰から水野屋敷を眺めていた。

雲海坊がやって来た。

「どうだ……」

「はい。近所の屋敷の奉公人によると、水野織部正、お役目を返上して以来、下谷の禅寺に通って座禅を組んでいるそうですぜ」

雲海坊は報せた。

「身を慎んでいるか……」

半兵衛は苦笑した。

「殊勝な心掛け、お目付やお偉いさんに取り入ろうって、分かり易い魂胆ですね」

雲海坊は呆れた。

「うむ。ならば、水野は日に一度は屋敷を出入りするのか……」

「そうなりますね」

雲海坊は頷いた。

「うむ……」

半兵衛は、辺りを見廻した。

小袋町の旗本屋敷街は静けさに覆われていた。

武家の女が、水野屋敷の横手の通りの辻を横切った。

絹江……。

半兵衛は気が付いた。

「半兵衛の旦那……」

雲海坊は、水野屋敷の表門を示した。

水野屋敷の表門が開き、頭巾(ずきん)を被(かぶ)った武士が僅かな供侍(ともざむらい)を従えて出て来た。

水野織部正……。

半兵衛は、頭巾を被った武士を水野織部正だと見定めた。

拙(まず)い……。

「雲海坊……」

半兵衛は、水野屋敷の横手の通りの辻に向かって走った。

雲海坊は続いた。

辻の土塀の陰では、絹江が懐剣を握り締めていた。

「絹江さん……」

半兵衛は、絹江の前に立ちはだかった。

「し、白縫さま……」

絹江は狼狽えた。

「お止めなさい……」

「白縫さま、悪いのは水野織部正です。如何に日下部甚内や村上半蔵を成敗した処で水野織部正を討ち果たさなければ、井沢新五郎は浮かばれないのです」

絹江は、必死に訴えた。

「だが、絹江さんが死んでは井沢どのも喜びはしない筈だ」

半兵衛は、絹江を懸命に押し止めた。

「殺します。刺し違えてでも殺します」

絹江は抗った。

「落ち着け、絹江さん……」

半兵衛は止めた。

「半兵衛の旦那、絹江さま……」

雲海坊は、水野たちを見ながら半兵衛と絹江を呼んだ。

半兵衛と絹江は、水野たちを見た。

塗笠を被った武士が現れ、水野織部正に向かって走った。

半兵衛と絹江は眼を瞠った。


塗笠を被った武士は、水野織部正に猛然と襲い掛かった。

水野織部正は驚き、慌てて後退した。

「狼藉者……」

供侍たちは、塗笠を被った武士に慌てて斬り掛かった。

塗笠が斬り飛ばされた。

顔の露わになった武士は、村上半蔵だった。

「む、村上半蔵……」

水野織部正は、恐怖に声を震わせた。

「斬り棄ててくれる……」

村上半蔵は、供侍を蹴散らして水野織部正に一気に迫った。

「止めろ、止めるんだ、村上……」

水野織部正は、悲鳴のように叫んで後退りした。

半兵衛、雲海坊、絹江は見守った。

「どうします。半兵衛の旦那……」

雲海坊は、半兵衛の出方を窺った。

「武家地で武士同士の斬り合い。町奉行所の支配違いだ……」

半兵衛は、冷ややかに見守った。

「知らん顔の半兵衛さんですか……」

雲海坊は苦笑した。

「ああ。世の中には、我々が知らん顔をした方が良い事もある……」

半兵衛は云い放った。

水野織部正は、顔を恐怖に激しく歪めて身を翻した。

「死ね……」

村上半蔵は追い縋り、水野の背に刀を突き刺した。

水野は仰け反った。

村上は、水野に抱き付くようにして刀を突き刺し、抉った。

供侍たちは、村上を背後から斬った。

村上は、斬られた背から血を流して水野に抱き付いたまま倒れた。

水野織部正と村上半蔵は、醜く滅びた。

絹江は懐剣を落とし、力を失ったように座り込んだ。そして俯き、肩を小刻みに震わせた。

「旦那……」

雲海坊は、絹江を哀れんだ。

「うむ……」

半兵衛は、小刻みに震えている絹江の細い肩を見詰めた。

絹江が手を下す迄もなく、水野織部正と村上半蔵は死んだ。

此で絹江が人を殺さずに済む……。

半兵衛は安堵した。

絹江の細い肩は、尚も小刻みに震え続けた。そして、女の低い笑い声が聞こえた。

半兵衛は戸惑い、雲海坊は怪訝な眼を絹江に向けた。

次第に大きくなる女の笑い声は、絹江のものだった。
絹江は、細い肩を揺らして笑った。
さも面白そうに……。
絹江の笑い声は、次第に甲高く（かんだか）なって響き渡った。
半兵衛と雲海坊は立ち尽くした。
絹江は髪を振り乱し、乱心（らんしん）したように笑い続けた。
虚（うつ）ろな笑い声だった。
半兵衛は、哀れみを覚えずにはいられなかった。

第二話　隙間風

一

金龍山浅草寺は参拝客で賑(にぎ)わっていた。

境内(けいだい)の片隅にある茶店は、参拝を終えた客や待ち合わせの客が出入りしていた。

半兵衛は、半次や音次郎と市中見廻りの途中、茶店に立ち寄った。

「おいでなさいまし……」

茶店の老亭主は、半兵衛、半次、音次郎を迎えた。

「やあ。邪魔するよ……」

半兵衛は、裏手の縁台(えんだい)に腰掛けながら茶を頼んだ。

「今日も変わった事はないようですね」

半次は、茶店の前を行き交う人々を眺(なが)めた。

「ああ。結構な事だ……」

半兵衛は笑った。

「おまちどおさまです……」

亭主が茶を持って来た。

「おう……」

半兵衛は、茶を受け取って三人分の茶代を払った。

「旦那、いつもありがとうございます」

茶店の亭主は礼を述べた。

「何、礼には及ばないよ」

半兵衛は茶を飲んだ。

「処(ところ)で父っつあん、お尋(たず)ね者(もの)は見掛けなかったかな……」

音次郎は訊いた。

「さあて、見掛けなかったと思うが、此(こ)の人出(ひとで)だし、眼も遠くなってねえ……」

老亭主は、茶店の前を行き交う人々に眼を凝(こ)らした。

「そうですかい……」

「ま、店も忙(いそが)しいし、お尋ね者処(どころ)じゃあないだろうね」

半兵衛は苦笑した。

「ええ、まあ……」

老亭主は苦笑した。

「親父、茶を頼むよ……」

羽織を着た小柄な年寄りが、老亭主に茶を頼んで縁台に腰掛けた。

「はい。只今(ただいま)……」

老亭主は、店の奥に入って行った。

小柄な年寄りは、髪が薄くて小さな髷(まげ)であり、その羽織は明るい緑色だが古くて草臥(くたび)れていた。

「年に似合わない羽織ですね」

半次は、茶を飲みながら囁(ささや)いた。

「うん。粋(いき)を気取っているんだろうけどね」

半兵衛は苦笑した。

「何者でしょうかね」

「堅気(かたぎ)じゃあないな……」

半兵衛は読んだ。

「きっと……」

半次は頷いた。

小柄な年寄りは、眼の前を行き交う人々を眺めながら運ばれた茶を啜っていた。

「ちょいと追ってみるか……」

「構いませんか……」

「うん……」

「じゃあ、音次郎……」

「はい……」

音次郎は、喉を鳴らして頷いた。

「聞いての通りだ。先に出て尾行な。俺は後から行く」

半次は告げた。

「合点です。じゃあ……」

音次郎は、半兵衛に会釈をして茶店から出て行った。

半次と半兵衛は、小柄な年寄りを見守った。

小柄な年寄りは、行き交う人々を眺めながら茶を飲んでいた。

四半刻（三十分）が過ぎた。

「親父、茶代、置いておくぜ」

小柄な年寄りは、老亭主に声を掛けて茶店を出て行った。

「ありがとうございました」

老亭主は見送った。

音次郎が現れ、小柄な年寄りを追った。

「じゃあ、旦那……」

半次は、音次郎を見定めて縁台から立った。

「うん。先に戻っているよ」

「はい……」

半次は、音次郎を追った。

半兵衛は見送り、冷えた茶を飲み干した。

浅草寺境内の賑わいは続いた。

緑色の羽織を着た小柄な年寄りは、境内の雑踏を抜けて雷門（かみなりもん）に向かった。

音次郎は尾行た。

小柄な年寄りは、前方を見詰めて足早に進んで行く。

さあて、何処に行く……。

音次郎は、小柄な年寄りの緑色の羽織を見据えて尾行た。

雷門が近付いた。

小柄な年寄りは、不意に立ち止まって何気ない素振りで辺りを眺めた。

音次郎は立ち止まった。

小柄な年寄りは、前を見詰めて再び歩き出した。

音次郎は追った。

誰かの後を尾行ているのか……。

音次郎は、小柄な年寄りの動きに戸惑った。

小柄な年寄りは、雷門を潜って浅草広小路に出た。そして、浅草広小路を西に進んだ。

音次郎は、小柄な年寄りの歩き方を窺った。

小柄な年寄りは、辺りを気にせず前方を見詰めて進んでいた。

やはり、誰かを尾行ている……。

音次郎は見定め、背後を振り返った。

半次の姿が見えた。

音次郎が振り返った。

何かがあった……。

半次は睨み、足取りを速めた。

音次郎は、小柄な年寄りが尾行る相手を見定めようとした。

浅草寺の境内からずっと小柄な年寄りの前にいるのは、十徳を着て薬籠を提げた町医者や職人、お店者ら数人だ。

あの中の誰かを尾行ている……。

音次郎は読んだ。

「どうした……」

半次が、背後から並んだ。

「小柄な年寄り、誰かを尾行ているようです」

音次郎は眉をひそめた。

「何だって……」

半次は、小柄な年寄りを見詰めた。

小柄な年寄りは、前を行く者との距離を保って進んでいた。

やはり、堅気じゃあなかった……。

半次は、睨み通りだったのを知った。

「親分……」

「ああ。音次郎の睨み通り、誰かを尾行ているな」

半次は頷いた。

「ええ。で、浅草寺からずっと前を行くのは、十徳姿の町医者らしい奴と荷物を担いだ行商人、印半纏を着た職人、お店者、二人連れの町娘ぐらいですか……」

音次郎は、小柄な年寄りの前を行く者を告げた。

「そうか。よし、交替だ。俺が先に行くぜ」

半次は告げた。

「はい……」

音次郎は、半次と交替して後ろに退がった。

半次は、小柄な年寄りの前を行く者を告げた。

小柄な年寄りの前を行く者は、十徳姿の町医者らしい男と二人の町娘だけになった。

どうやら、小柄な年寄りが尾行ている相手は、十徳姿の町医者らしい男だ。

半次は見定めた。


新堀川は浅草から流れ、鳥越川と合流して大川に流れ込む。

小柄な年寄りは、新堀川沿いの道を行く十徳姿の町医者らしい男を尾行た。

町医者らしい男は、浅草阿部川町の町方の地を抜け、旗本屋敷街に出た。

小柄な年寄りは町医者を尾行し、半次は小柄な年寄りを追った。


町医者は旗本屋敷に入った。

小柄な年寄りは、土塀の陰で見届けた。

半次は、新堀川に架かっている小橋を渡り、対岸から小柄な年寄りと旗本屋敷を見張った。

「親分……」

音次郎が追って来た。

「やっぱり、十徳を着た町医者を追っていたな……」

「はい。町医者、何者ですかね」

「うん。町医者と小柄な年寄り、何者でどんな拘わりなのかだな……」

「ええ……」

音次郎は頷いた。

小柄な年寄りは土塀の陰を離れて、来た道を戻り始めた。

「親分……」

「よし。俺が追う。音次郎は町医者が何処の誰か突き止めろ」

半次は命じた。

「合点です」

音次郎は頷いた。

半次は、小柄な年寄りを追った。

小柄な年寄りは、来た道を戻って蔵前通りに出た。そして、駒形堂の横を抜けて大川沿いの道に進んだ。

大川には様々な船が行き交っていた。

小柄な年寄りは、大川沿いの道を進んで駒形町に入った。そして、柿の木のある古い長屋の木戸を潜った。

半次は、古い長屋の木戸に走った。

小柄な年寄りは、古い長屋の奥の家に入って腰高障子(こしだかしょうじ)を閉めた。

半次は見届けた。

何者なのだ……。

半次は、小柄な年寄りが動くのを待った。

だが、四半刻が過ぎても小柄な年寄りは動かなかった。

よし……。

半次は、小柄な年寄りが暫(しばら)く動かないと見定め、駒形町の木戸番に走った。

「ああ。柿木(かきのき)長屋ですか……」

木戸番は、古い長屋を知っていた。

「ああ。で、その柿木長屋の奥の家に住んでいる小柄な年寄りだが、知っているかな」

「ああ。五郎八さんですか……」

「五郎八……」

「ええ。年甲斐もなく派手好きの小柄な年寄りですよ」

木戸番は笑った。

五郎八……。

半次は、小柄な年寄りの名を知った。

「ああ、その五郎八さん。生業は何か知っているかな……」

半次は尋ねた。

「確か骨董品の目利きで、掘出し物を探しては好事家に持ち込んだり、仲買をしたりしているって話ですよ」

木戸番は告げた。

「ほう。そんな生業なのか……」

「ええ。ですが、ずっと柿木長屋にいる処を見ると、余り儲かっちゃあいないようですね」

木戸番は苦笑した。

「そうか……」

五郎八は、骨董品の目利きであり、仲買人だった。

その五郎八が何故、町医者らしい男を尾行たのか……。

町医者らしい男は何者なのか……。

半次は、思いを巡(めぐ)らせた。


旗本屋敷は、二千石取りの旗本堀川頼母(ほりかわたのも)の屋敷だった。

音次郎は、近くの旗本屋敷の下男に訊き込みを掛けた。

「それで、堀川さまのお屋敷では、何方(どなた)が病気なんですか……」

音次郎は尋ねた。

「ああ。お殿さまの頼母さまが去年から胃の腑(ふ)の病で寝込んでいるそうですよ」

「お殿さまの頼母さまが……」

音次郎は、堀川家の主(あるじ)の頼母が胃の腑の病で去年から寝込んでいる事を知った。

「それで、往診(おうしん)に来ている町医者が誰か知っていますか……」

「さあて、そこ迄(まで)は……」

旗本屋敷の下男は首を捻(ひね)った。

「そうですか……」

音次郎は頷いた。

四半刻が過ぎた頃、十徳を着た町医者が堀川屋敷から出て来た。

何処の誰か突き止めてやる……。

音次郎は、来た道を戻り始めた十徳を着た町医者を追った。

町医者は、新堀川沿いの道を足早に進んだ。

音次郎は追った。


「駒形町の柿木長屋に住む五郎八……」

半兵衛は、半次から似合わない羽織を着た小柄な年寄りの名前を知らされた。

「はい。骨董の目利きや掘出し物の売り買いを生業にしている者だそうですが……」

半次は苦笑した。

「そんな奴が何故、町医者らしき男を尾行るのか……」

半兵衛は、半次の苦笑を読んだ。

「はい。他人を尾行る。五郎八、只の目利きじゃありませんぜ」

「うむ。裏の顔と云うか、骨董の目利きなんてのは隠れ蓑で、正体は別にあるか……」

「違いますかね……」

「いや。おそらく半次の睨み通りだろう。そして、何故、町医者らしい奴を尾行たかだ」

「はい。音次郎が町医者らしい奴が何者か突き止めて来ると良いんですが……」

半次は心配した。

「ま、心配あるまい。それにしても面白そうな年寄りだな、五郎八……」

半兵衛は苦笑した。

十徳を着た町医者らしい男は、来た道を戻って浅草広小路に出た。

音次郎は、慎重に尾行た。

町医者らしい男は、浅草広小路の雑踏を抜けて隅田川沿いの花川戸町に入った。そして、通りを進んで山谷堀を渡り、浅草今戸町に進んだ。

音次郎は尾行た。

町医者らしい男は、今戸町の端にある板塀に囲まれた仕舞屋に入った。

音次郎は見届けた。

板塀の廻された仕舞屋の木戸門には『本道医 中井良伯』の看板が掲げられていた。

本道医、中井良伯……。

音次郎は、町医者らしい男の名と素性を突き止め、木戸番に向かった。

「中井良伯……」

今戸町の老木戸番は眉をひそめた。

「ええ。どんな評判のお医者なんですか……」

音次郎は尋ねた。

「評判……」

「ええ……」

「評判は悪いよ」

「じゃあ、藪医者ですか……」

「ああ。何処で修業したのか知らねえが、風邪もろくに治せねえって評判だよ」

老木戸番は苦笑した。

「へえ、評判、そんなに悪いのですか……」

「ああ。女癖も悪いそうだからな……」

「女癖も悪い……」

「ああ。女の患者は、どんな病や怪我でも取り敢えず乳を撫で廻されるそうだ。婆さんでも子供でもな……」

老木戸番は眉をひそめた。

「へえ。そんな医者なんですかい……」

音次郎は呆れた。

中井良伯の医療院は、訪れる患者もなく静けさに満ちていた。

音次郎は見張った。

半刻（一時間）が過ぎても、患者らしき者は一人として訪れなかった。

やはり、評判は悪いのか……。

音次郎は、苦笑しながらも戸惑いを覚えた。

評判の悪い町医者中井良伯が、新堀川沿いに住む旗本の堀川頼母の往診に行ったのだ。

二千石取りの旗本なら伝手を頼り、奥医師に頼むのが普通だ。それなのに、評判の悪い町医者の中井良伯に往診を頼んだ。

どうしてだ……。

音次郎は、静かな中井良伯の板塀に囲まれた仕舞屋を眺めた。

評判が悪くて患者の少ない町医者にしては、板塀を廻したそれなりの家だ。

どうやって金を稼いでいるのだ……。

音次郎に疑念が湧いた。

二

五郎八が後を尾行た相手は、浅草今戸町に住んでいる本道医の中井良伯だった。

「して、その中井良伯、医者としての評判はどうなんだ」

半兵衛は尋ねた。

「そいつが風邪も治せない藪だと、評判は悪いんですよ」

音次郎は苦笑した。

「ほう。そんな町医者が旗本の堀川頼母の屋敷に往診か……」

半兵衛は、微かな戸惑いを過ぎらせた。

「はい。で、小柄な年寄りは……」

「五郎八って骨董の目利きだ」

半兵衛は教えた。

「その五郎八が中井良伯を尾行たって訳ですか」

「うむ……」

「目利きの五郎八に町医者の中井良伯、なんだか二人共、胡散臭いですね」

「うむ。して、音次郎。中井良伯が往診した旗本の堀川屋敷、誰が病を患っているのだ」

「そいつが、殿さまの頼母さまが胃の腑の長患いで寝込んでいるそうです」

「殿さまの頼母が長患い……」

半兵衛は眉をひそめた。

「ええ。中井良伯はその往診に行ったんでしょうけど、堀川さま、どうして評判の悪い中井良伯に往診を頼んだんですかね」

音次郎は首を捻った。

「評判の悪い藪医者でも、中井良伯にしか出来ない治療があるのかもしれぬ

「……」

半兵衛は苦笑した。

「そうですか……」

音次郎は感心した。

「よし、音次郎。引き続き中井良伯を詳しく洗ってみな」

半兵衛は命じた。

「合点です」

「私は堀川頼母の病と堀川家をちょいと調べてみるよ」

半兵衛は、楽しそうな笑みを浮かべた。


隅田川に夕陽が映えた。

半次は、駒形町の柿木長屋を見張った。

おかみさんたちの晩飯作りも終わり、井戸端は夕陽に染まっていた。

半次は、柿の古木のある木戸から五郎八の家を見張り続けていた。

奥の家の腰高障子が開き、緑色の羽織を着た五郎八が出て来た。

半次は、柿の古木の陰から見守った。

五郎八は、軽い足取りで柿木長屋から出て行った。

半次は追った。


蔵前の通りには、提灯（ちょうちん）の明かりがちらほら浮かんでいた。

五郎八は、蔵前の通りを横切り、八間町（はちけんちょう）と三間町（さんげんちょう）の間の道に進んだ。

半次は、暗がり伝（づた）いに追った。

五郎八は、提灯も持たず慣れた足取りで夜道を進んだ。

骨董の目利きとは思えぬ程、夜道に慣れているようだ……。

半次は苦笑した。

五郎八は、真砂町（まさごちょう）から森下（もりした）に抜け、新堀川に出た。

まさか……。

行き先は、昼間に行った旗本屋敷かもしれない。

半次は読んだ。

五郎八は、新堀川に架かっている小橋を渡った。

そこには、昼間に行った旗本屋敷があった。

睨み通りだ……。

半次は、五郎八を見張った。

五郎八は、物陰から旗本屋敷を眺めた。そして、辺りを油断なく見廻し、物陰の闇に蹲った。

何をする気だ……。

半次は眉をひそめた。


燭台の火は揺れた。

「堀川頼母、堀川頼母……」

半兵衛は、旗本の武鑑を捲っていた。

「旗本堀川頼母、石高二千石、これか……」

半兵衛は、堀川頼母の項を読んだ。

堀川家は主の頼母と妻の琴路、子はいなく、部屋住みの弟、慶四郎がいた。そして、家来たちと奉公人がいる。

長患いで寝込んでいるのは主の頼母であり、堀川家は何かと大変なようだ。

町医者の中井良伯は、頼母の往診に堀川家に行った。

だが、中井良伯は評判の悪い藪医者であり、旗本家が往診を頼むような者ではない。
妻の琴路は、それを知らないのか。それとも知っての上での事なのか……。
もし、知っての上で往診を頼んだとしたら、何故なのか……。
何れにしろ、堀川家を詳しく調べる必要があるようだ。
燭台の火は、小さな笑みを浮かべる半兵衛の横顔を照らした。

寺の鐘の音は、戌の刻五つ（午後八時）を報せた。
五郎八は、物陰の闇に蹲り続けた。
半次は見張った。
刻は過ぎた。
旗本屋敷の明かりは消え始めた。
五郎八は、蹲り続けた。
半次は、辛抱強く見張った。
一刻（二時間）が過ぎ、夜空に亥の刻四つ（午後十時）を報せる寺の鐘の音が響いた。
五郎八は、物陰の闇から出て来た。そして、着物の裾を大きく端折り、緑色の羽織を脱いで黒の裏に返して着込んだ。

羽織は、緑と黒の無双(むそう)だった。

半次は見守った。

五郎八は、黒に返した羽織の上から黒い帯を締め、懐(ふところ)から出した黒い手拭(てぬぐい)で盗人被(ぬすっとかぶ)りをした。

盗人だ……。

半次は、喉を鳴らして見守った。

盗人姿になった五郎八は、辺りに人影がないのを見定めて旗本屋敷に走った。

そして、用水桶(ようすいおけ)を踏み台にして旗本屋敷の土塀に上がった。

半次は見守った。

五郎八は、土塀から旗本屋敷の中に飛び降りて消えた。

半次は、詰めていた息を吐いた。

五郎八の正体は盗人だった……。

半次は見定めた。

五郎八は、旗本屋敷に押し込んだ。

それは、昼間の町医者の往診と拘わりがあるのか……。

半次は、思いを巡らせた。

旗本屋敷に報せるか、黙って見守るか……。

半次は迷った。

そして、黙って見守る事に決めて旗本屋敷を眺めた。


堀川屋敷は寝静まっていた。

盗人姿の五郎八は見定め、屋敷の奥庭に進んだ。

奥庭に面して暗い座敷が並んでいた。

五郎八は、植込みの陰から並ぶ暗い座敷を窺った。

並ぶ座敷の一つに僅(わず)かな明かりが窺えた。

僅かな明かりは、夜通し灯しておく有明行燈(ありあけあんどん)だ。

五郎八は睨み、僅かな明かりの灯されている座敷の濡(ぬ)れ縁(えん)に走った。

微かな薬湯(やくとう)の臭いが、僅かな明かりの灯されている座敷から漂(ただよ)ってきた。

長患いで寝込んでいる殿さまの寝間……。

五郎八は見定め、廊下を窺った。

暗い廊下に人の気配はない。

五郎八は、廊下に忍び込み、僅かな明かりの灯されている座敷に近付いた。

障子越しに薬湯の臭いが漂い、男の寝息が聞こえた。

間違いねえ……。

五郎八は、寝間に素早く忍び込んだ。

寝間には有明行燈が灯され、中年の武士が寝息を立てて眠っていた。

堀川頼母の殿さま……。

五郎八は、眠っている武士の枕元に置かれている薬湯の入った土瓶(どびん)と茶碗、小さな桐箱(きりばこ)の中に幾つかの薬包(やくほう)があるのを見付けた。

「此奴(こいつ)だな……」

五郎八は、薄笑いを浮かべて薬包の一つを取り、懐に入れた。

刻が過ぎた。

半次は、五郎八が戻って来るのを待った。

男たちの声が聞こえた。

半次は、新堀川沿いの道の奥から二人の侍が話しながら歩いて来るのに気が付いた。

その時、旗本屋敷の土塀の上に人影が現れた。

五郎八だ……。

今、五郎八が土塀から飛び下りると、やって来る二人の侍に見付かる。

どうする……。

半次は迷った。

二人の侍はやって来る。

五郎八は、気が付かないまま土塀から飛び下り、尻餅をついた。

「曲者……」

「盗人か……」

二人の侍は、尻餅をついている五郎八に猛然と走った。

五郎八は、慌てて逃げようとした。

「おのれ、盗人……」

二人の侍は、五郎八に摑み掛かった。

五郎八は、倒れて頭を抱えた。

刹那(せつな)、半次が現れて二人の侍を新堀川に蹴り飛ばし、突き落とした。

二人の侍は、不意に背後から襲われ、驚きの声を上げて新堀川に落ちた。

「逃げるぜ、父っつあん……」

半次は、倒れて踠(もが)いている五郎八を助け起こした。

「ああ……」

五郎八は、慌てて半次に続いた。


東本願寺裏の場末の飲み屋は、既に暖簾(のれん)を仕舞(しま)っていた。

五郎八は、馴染(なじみ)らしく店主に金を握らせて客のいない店内に半次を誘った。

「父っつあん、酒を頼むぜ」

「ああ。良いとも……」

五郎八と半次は、店の隅に座って出された酒を飲んだ。

「兄い。此の通りだ。礼を云うぜ」

五郎八は、半次に頭を下げた。

「なあに、礼には及ばねえ。で、手ぶらのようだが、何か盗んだのか……」

半次は苦笑した。

「まあな……」

五郎八は笑い、酒を飲んだ。

「金でもお宝でもないものか……」

半次は、微かな戸惑いを過ぎらせた。

「ああ。兄い、何処の誰だい……」

五郎八は、半次に探る眼を向けた。

「俺か、俺は火消しの半次だぜ」

半次は、半兵衛から手札を貰って十手を預かる迄は、二番組め組の若い衆だった。

「へえ、火消しの半次の兄いか……」

五郎八は笑った。

「ああ。父っつあんは……」

「俺かい、俺は隙間風の五郎八って云ってな。すうっと吹き抜けていく奴だぜ」

「へえ。隙間風の五郎八か、粋な二つ名だな」

半次は褒めた。

「そうかい……」

五郎八は、嬉し気に笑った。

「で、金でもお宝でもねえって物は何だい……」

半次は訊いた。

「此奴だぜ……」

五郎八は、懐から手拭に挟んだ小さな薬包を出した。

「薬……」

半次は眉をひそめた。

「ああ。此奴一つが百両にも二百両にもなるんだぜ」

五郎八は、狡猾な笑みを浮かべた。

「薬一つで百両、二百両……」

半次は戸惑った。

「ああ……」

「手妻のような話だな」

半次は、疑いの眼を向けた。

「信じられねえか……」

「ああ、眉唾もんだな」

半次は苦笑した。

「よし。じゃあ明日、未(ひつじ)の刻八つ(午後二時)、雷門で落ち合おうぜ」

「明日未の刻八つ、雷門……」

「ああ、此奴が百両、二百両になる絡繰(からくり)、篤(とく)と見せてやるぜ」

五郎八は、自信満々に笑った。

「よし……」

半次は頷いた。

囲炉裏(いろり)の火は燃えた。

半兵衛は、訪れた半次に茶碗酒を出して報告を受け、旗本屋敷の主が堀川頼母であり、町医者が中井良伯だと教えた。

半次は、五郎八が隙間風と気取った二つ名の盗人で堀川屋敷に忍び込み、二人の侍から助けて近付いた経緯(いきさつ)を報せた。

旗本堀川屋敷に忍び込んで盗んだ薬包一つが百両、二百両になる……。

「五郎八がそう云ったのか……」

半兵衛は、半次の話を聞いて苦笑した。

「はい。どう云う事ですかね」

　半次は首を捻った。

「うむ。その薬、長患いで寝込んでいる堀川頼母の胃の腑の薬かな」

　半兵衛は読んだ。

「堀川の殿さま、胃の腑の長患いなんですか……」

　半次は驚いた。

「ああ。ならば、往診した町医者の中井良伯が置いて行った薬だな」

「きっと……」

「うん。そいつが百両、二百両か……」

　半兵衛は眉をひそめた。

「ええ。手妻じゃあるまいし、どんな絡繰なのか……」

　半次は苦笑した。

「よし、とにかく雷門で逢ってみるしかあるまい」

　半兵衛は、盗人隙間風の五郎八をお縄にせず、泳がせてみる事にした。

　浅草今戸町の中井良伯の医療院には、朝から一人の患者も訪れていなかった。

音次郎は、欠伸を嚙み殺して見張り続けた。

今戸町の老木戸番が、自身番の番人と鋤や鍬を担いで通り掛かった。

「あれ、どうかしたんですかい……」

音次郎は、老木戸番に尋ねた。

「おう。野良犬が死んでいてな。葬って来たんだよ」

「野良犬が……」

「口から血の混じった泡を吹いてな」

「血の混じった泡……」

「ああ。誰かが毒を食わせたのかもしれねえ。懐っこい犬だったのに……」

老木戸番は、死んだ野良犬を哀れんだ。

「毒ですか……」

音次郎は眉をひそめた。

「ああ。二ヶ月前にも野良猫が血の混じった泡を吹いて死んでいてね。可哀想な事をする奴がいるもんだよ」

自身番の番人は、腹立たし気に吐き棄てた。

「へえ、そうなんだ……」

音次郎は、今戸町に野良犬や野良猫に毒を撒く者がいるのを知った。

刻が過ぎた。

医療院に患者が来る事はなく、中井良伯が出掛ける事もなかった。

音次郎は見張った。

「どうだ……」

半兵衛がやって来た。

「こりゃあ旦那……」

音次郎は迎えた。

「此処か……」

半兵衛は、板塀に囲まれた中井良伯の医療院を眺めた。

「はい。噂通りの藪なのか、朝から患者は一人も来てませんよ」

音次郎は苦笑した。

「それにしては、結構な医療院だな」

「はい。往診で稼いでいるんですかね」

音次郎は首を捻った。

「うむ。して、変わった事はないのだな」

「はい。強いて云えば、此の界隈に野良犬や野良猫に毒を食わせる奴がいるぐらいです」

「毒……」

半兵衛は眉をひそめた。

「ええ。酷い奴がいるもんですよ」

「うむ。毒か……」

半兵衛は、中井良伯の医療院を見詰めた。

音次郎は、足早にやって来る羽織袴の武士を示した。

「旦那……」

「音次郎……」

半兵衛は、音次郎を促して物陰に入った。

羽織袴の武士は、緊張した面持ちで中井良伯の医療院に足早に入って行った。

「今日、初めての患者ですか……」

音次郎は苦笑した。

「いや。あの足取り、おそらく患者じゃあないな」

半兵衛は睨んだ。

「患者じゃありませんか……」

「ああ……」

　半兵衛は頷いた。

「音次郎、五郎八は隙間風って二つ名の盗人でな。昨夜、堀川の屋敷に忍び込んで長患いの殿さまの薬を盗んだよ」

「金じゃなくて薬ですか……」

　音次郎は戸惑った。

「ああ。で、半次が上手く近付いてね。五郎八の奴、薬一つが百両にも二百両にもなると云ったそうだ」

　半兵衛は苦笑した。

「へえ、そいつは凄いや」

　音次郎は感心した。

「ま、絡繰は半次が突き止めて来るさ」

　半兵衛は告げた。

「楽しみですね」

「音次郎……」

半兵衛は、中井良伯の医療院を示した。

医療院の板塀の木戸門が開き、羽織袴の武士が出て来た。

半兵衛と音次郎は見守った。

羽織袴の武士は、厳しい面持ちで中井良伯の医療院から離れて行った。

「よし。音次郎、あの武士が何処の誰か突き止めてくれ」

半兵衛は命じた。

「合点です」

音次郎は、羽織袴の武士を追った。

半兵衛は見送り、中井良伯の医療院を窺った。

三

金龍山浅草寺の雷門は、多くの参拝客が行き交っていた。

半次は、雷門の隅に佇み、五郎八が来るのを待っていた。

浅草寺の鐘が未の刻八つを報せた。

緑色の羽織を着た五郎八が、浅草広小路の雑踏の中から軽い足取りでやって来た。

「おう。半次の兄い、待たせたな……」

五郎八は、半次に親し気に笑い掛けた。

「やあ。父っつあん、薬が百両、二百両になる絡繰、見せて貰おうか……」

半次は迎えた。

「ああ、良いとも。一緒に来な……」

五郎八は、笑顔で浅草広小路を隅田川に架かっている吾妻橋の方に向かった。

半次は続いた。


羽織袴の武士は、今戸町から花川戸町に出て浅草広小路を横切って蔵前の通りに出た。

音次郎は追った。

羽織袴の武士は、蔵前の通りから三間町と八間町の間を西に曲がり、真砂町に向かった。

もしかしたら、堀川屋敷に行くのかもしれない……。

音次郎は読んだ。

羽織袴の武士は、真砂町から森下に進んで新堀川に出た。

新堀川の向こうには堀川屋敷がある。

やはり、堀川屋敷だ……。

音次郎は尾行た。

隙間風の五郎八は、半次を連れて浅草花川戸町を進み、山谷堀を渡って今戸町に入った。

ひょっとしたら、町医者の中井良伯の家に行くのか……。

半次は読んだ。

五郎八は、板塀の廻された仕舞屋の木戸門に近付いた。

木戸門には『本道医 中井良伯』と書かれた看板が掛かっていた。

やはり、中井良伯の処か……。

半次は、それとなく見張っている筈の音次郎を探した。

だが、音次郎の姿はなく、物陰に半兵衛がいた。

半兵衛は苦笑した。

半次は、小さな会釈をした。

「おう。どうした……」

五郎八は、怪訝な面持ちで振り返った。

「いや、此処かい……」

半次は、仕舞屋を見廻して誤魔化した。

「ああ。行くよ……」

五郎八は、仕舞屋の戸口に向かった。

半次は続いた。

小さな薬の包みが百両、二百両になる絡繰が突き止められるのか……。

半兵衛は、物陰から見送った。


「さあて、具合が悪いのは、どちらかな」

中井良伯は、五郎八と半次に笑い掛けた。

「あっしですぜ……」

五郎八は笑い掛けた。

笑い掛けてくる患者など、滅多にいない。

「えっ……」

中井良伯は戸惑った。

「良伯先生、此奴を御存知(ごぞんじ)ですね」

五郎八は、手拭に挟(はさ)んだ小さな薬包を見せた。

「こ、此は……」

良伯は、顔色を変えた。

「良伯先生が調合された堀川の殿さまの薬ですよ……」

五郎八は、狡猾な眼差しで良伯を窺った。

「そ、そうか……」

良伯は、堀川家の家来が薬包の数が合わないと駆け付けて来た理由を知った。

そんな筈はないと云って帰したが、家来の云って来た事に間違いはなかったのだ。

良伯は気が付いた。

「ならば、お前さん……」

良伯は、五郎八が盗人だと気が付いて声を震わせた。

「ええ……」

五郎八は、楽しそうに笑った。

「で、相談なんですがね。此の薬を買い戻しちゃあ頂けませんか……」

五郎八は、良伯を見据えた。

「か、買い戻す……」

良伯は、嗄れ声を震わせた。

「ええ。さもなければ、此奴を恐れながらと町奉行所に持ち込みますが……」

五郎八は告げた。

「わ、分かった。で、幾らだ。幾らで買い戻せるんだ」

良伯は、五郎八の強請に落ちた。

「二百両……」

五郎八は、探るように告げた。

「冗談じゃあない……」

良伯は、声を震わせた。

「じゃあ、百両だ……」

「分かった。その代わり、金を仕度出来るのは明日だ」

良伯は告げた。

「分かった。明日だな……」

五郎八は念を押した。

「ああ。約束する」

良伯は頷いた。

「よし。じゃあ、明日の昼に又来るぜ……」

五郎八は告げた。

「く、薬は……」

「百両と引き換えに決まっているぜ」

五郎八は苦笑した。

半次は、小さな薬包が百両に変わる絡繰を知った。

それにしても、小さな薬包が百両とは、どんな薬なのか……。

半次は、想いを巡らせた。

町奉行所に持ち込まれて困る薬は少ない。

毒……。

半次は、中井良伯が堀川頼母の為に調合し、五郎八が盗み出した小さな薬包の中身は毒だと読んだ。

四半刻が過ぎた。

半兵衛は見張った。
半次が中井良伯の医療院から現れ、半兵衛に素早く頷いて見せた。
五郎八が、続いて笑顔で現れた。
小さな薬包を百両に変える手妻は、上手くいったようだ。
半兵衛は睨んだ。
五郎八と半次は、浅草広小路に向かった。
半兵衛は見送った。
さて、中井良伯はどうするのか……。
半兵衛は、中井良伯が動くと睨んだ。
僅かな刻が過ぎた。
仕舞屋の木戸が開き、中井良伯が緊張した面持ちで出て来た。
睨み通りだ……。
中井良伯は、足早に浅草広小路に向かった。
よし……。
半兵衛は、巻羽織(まきばおり)を脱いで中井良伯の尾行を始めた。

半次と五郎八は、浅草広小路に進んでいた。

「薬包一つが百両か……」

半次は苦笑した。

「ああ。中井良伯が堀川の殿さまに調合した薬が毒だとお上に知れれば磔獄門だ」

「やっぱり毒か……」

半次は、薬が毒だと知った。

「うん。おまけに旗本堀川家も只じゃあ済まない。百両なんて安いもんだぜ」

五郎八は、面白そうに笑った。

「手妻の絡繰は強請か……」

「ま、そんな処だ」

五郎八は頷いた。

「って事は、中井良伯は堀川家の誰かに頼まれて殿さまに飲ませる毒を用意した……」

半次は読んだ。

「ああ……」

五郎八は笑った。

半次は、旗本堀川家に何事かが起こっているのを知った。

五郎八と半次は、浅草広小路に出て浅草寺の雷門に向かった。

「じゃあ、半次の兄い、此処でな……」

五郎八は、雷門の前で半次に告げた。

「ああ。今日は面白いものを見せて貰ったぜ。明日も宜しくな……」

半次は笑い、五郎八と別れた。

五郎八は、雑踏を立ち去って行く半次を見送った。


薬は毒……。

半次は、一刻も早く半兵衛に報せようと来た道を戻ろうとした。

十徳を着た中井良伯が、花川戸町の道から足早にやって来た。

半次は、咄嗟(とっさ)に人込みに紛(まぎ)れた。

中井良伯は、薬籠を持たず浅草広小路を横切って行った。

半次は、半兵衛が尾行て来るのに気が付き、駆け寄った。

「おう。五郎八と別れたのか……」

半兵衛は、中井良伯の後ろ姿を見据えながら尋ねた。

「はい。中井良伯、直ぐに動いたようですね」

半次は、半兵衛の僅か後ろを進んだ。

「うん。五郎八の手妻の絡繰、聞かせて貰おうか……」

半兵衛は、浅草広小路を横切って蔵前の通りに進む中井良伯を尾行ながら訊いた。

「はい。五郎八が盗んだ堀川の殿さまの薬は毒でした……」

半次は告げた。

「毒、やはりな……」

半兵衛は、音次郎に聞いた野良犬や猫が毒を盛られた話を思い出した。

半次は、五郎八が毒薬を手妻の仕掛けに使って中井良伯を強請った事を報せた。

「で、薬包を百両で買い取れか……」

「はい……」

半兵衛と半次は、中井良伯を追って蔵前の通りから三間町と八間町の間の道を西に曲がった。

「どうやら、行き先は堀川屋敷だな……」

半兵衛は読んだ。

「ええ。五郎八の事を報せに行くんですぜ」

「うむ。それにしても毒とは、堀川家もいろいろありそうだな」

半兵衛は苦笑した。


中井良伯は、旗本の堀川屋敷に足早に入って行った。

睨み通りだ……。

半兵衛と半次は見届けた。

「旦那、親分……」

音次郎が、二人の許に駆け寄って来た。

「音次郎、やはり此処にいたか……」

「はい。堀川家の家来でした。で、中井良伯が慌てた様子で来ましたが……」

音次郎は、戸惑いを見せた。

「ああ。半次、音次郎。堀川屋敷の者共、中井良伯から五郎八の事を聞いて動き出す筈だ。眼を離すんじゃあない……」

半兵衛は命じた。

毒の薬包一つと百両の取引きは明日の昼……。

盗人隙間風の五郎八の素性と塒は、中井良伯や堀川家の者には知られていない筈だ。

となると、中井良伯や堀川家の者が仕掛けるのは、取引きのある明日の昼だ。

半兵衛は、中井良伯と五郎八の見張りを半次と音次郎に任せ、旗本堀川家の内情を詳しく探る事にした。


本郷御弓町には旗本御家人の屋敷が連なっていた。

半兵衛は、昔からの知り合いの徒目付森田順一郎の屋敷を訪れた。

「おう、半兵衛。久し振りだな」

順一郎は、折り良く非番で屋敷にいた。

「うん。無沙汰をしたな、順一郎……」

「して、何用かな」

順一郎は、煙管を燻らした。

「阿部川町の近くに住む旗本堀川頼母さまについて、ちょいと訊きたい事があってな」

「堀川頼母さま……」

順一郎は眉をひそめた。

「うん。去年から胃の腑の病で床に就いていると聞くが、家中はどうなっているのだ」

半兵衛は尋ねた。

「半兵衛、何かあるのか……」

順一郎は、煙草盆に煙管の灰を落とした。

「ああ。昨夜、堀川屋敷に盗人が忍び込んだようなんだが……」

「盗人……」

「うん。届は出ていないか……」

「ああ。盗人に入られるなどは武家の恥、届ける者は滅多にいない」

順一郎は苦笑した。

「やはりな……」

半兵衛は頷いた。

「半兵衛、堀川家は主の頼母さまが長の患いで、嫡子がいなく、跡目で揉めているそうだ」

「跡目で揉めている……」

「うん。堀川家には嫡子がいない代わりに慶四郎って弟の部屋住みがいるのだが、頼母さま、家督相続を許さないそうだ」

「何故だ……」

半兵衛は眉をひそめた。

「さあ、そいつが分からない処だ……」

「して、順一郎。奥方はどうなのかな」

「さあ、詳しくは知らんが、慶四郎が家督を継ぐのに異存はないようだ。尤も子のいない奥方だ。何も云えぬのかもしれぬ」

「そうか……」

「ま、そう云った事のある堀川家だ。此の上、盗人に入られたとなれば、お上のお咎めがあるやもしれぬ。何事も内密に済ませようとしても不思議はないさ」

順一郎は、堀川家に同情した。

「そうか。そうだな……」

半兵衛は頷いた。

今、殿さまの頼母が死ねば、堀川家の家督は部屋住みの弟慶四郎が継ぐ事になる。

慶四郎は、堀川家の家督を早く継ぎたくて兄の頼母が病なのを良い事に、毒を盛っているのかもしれない。

半兵衛は読んだ。

何れにしろ、堀川家には家督を巡っての揉め事があるのだ。

半兵衛は知った。

森田屋敷に夕陽が差し込んだ。

大川に船行燈(ふなあんどん)が行き交った。

半次は、柿木長屋の木戸から奥の家を見張った。

夕方、五郎八はおかみさんたちに冗談を云って笑わせながら井戸端で一緒に晩飯を作り、奥の家に引き取っていた。

五郎八は夜更けに動くか……。

半次は見張った。

大川に船の櫓の軋みが響いた。

堀川屋敷の表門脇の潜り戸が開いた。

音次郎は、物陰に潜んだ。

中井良伯の家に来た羽織袴の侍が、潜り戸から出て来て三味線堀に向かった。

例の家来だ……。

音次郎は追った。

神田明神門前町の盛り場は賑わっていた。

堀川家の家来は、盛り場の片隅にある小さな飲み屋の暖簾を潜った。

音次郎は見届けた。

堀川家の家来は酒を飲みに来ただけなのか、それとも他に用があって来たのか……。

音次郎は、小さな飲み屋がどんな店なのか聞き込みを掛ける事にした。

「ああ、あの店は女将の情夫が浪人でね。溜り場になっているよ。浪人たちの……」

斜向かいの居酒屋の男衆は、音次郎に渡された小銭を握り締めて斜向かいにある小さな飲み屋を眺めた。

「浪人の溜り場……」

音次郎は眉をひそめた。

「ああ。時々、用心棒や喧嘩の助っ人に雇われているらしいぜ」

「じゃあ、真っ当な飲み屋じゃあないのか……」

「まあな……」

男衆は苦笑した。

堀川家の家来は、酒を飲みに来たのではなく、浪人を雇いに来たのかもしれない。

音次郎は読んだ。

「そうか。助かったぜ……」

音次郎は、男衆と別れて小さな飲み屋の見張りに戻った。

小さな飲み屋からは、酒に酔った男たちの馬鹿笑いが洩れていた。

小さな飲み屋の腰高障子が開いた。

音次郎は、暗がりに潜んだ。

堀川家の家来が出て来た。

帰るのか……。

音次郎は見守った。

「原田……」

背の高い浪人が、堀川家の家来を追って出て来た。

原田と呼ばれた家来は、背の高い浪人を振り返った。

「何だ、北村……」

「うん。強請屋の一味に本当に侍はいないのだな」

北村と呼ばれた浪人は、念を押した。

「ああ。町方の者が二人と聞いている……」

原田は告げた。

「そうか。それなら造作はなかろう。じゃあな……」

北村は、狡猾な笑みを浮かべて頷き、小さな飲み屋に戻って行った。

原田は見送り、盛り場の出入口に戻った。

音次郎は追った。

堀川家家来の原田は、明日の昼の取引きに現れる五郎八たちを始末する為に北村たち浪人を雇った。

音次郎は、そう読みながら原田を追った。


原田は堀川屋敷に帰った。

今夜はもう動かない……。

音次郎は見定め、八丁堀の半兵衛の組屋敷に走った。


胃の腑の長患いで床に就いている堀川頼母は、秘かに毒を飲まされている。

飲ませているのは、家督相続を許されない弟の慶四郎なのかもしれない。

胃の腑の薬と一緒に毒を飲ませ、病での死に見せ掛けて殺す。

慶四郎は、家督を譲らない兄の頼母を憎み、中井良伯から毒薬を買っている。

それを盗人の隙間風の五郎八が知り、盗み出して強請を掛けたのだ。

半兵衛は読んだ。

何れにしろ、隙間風の五郎八の強請を中井良伯から報された者がどう動くかだ。

半兵衛は、楽し気な笑みを浮かべた。

四

浅草広小路は賑わっていた。

半次は、雷門の前で隙間風の五郎八と落ち合った。

「やあ。来たかい……」

五郎八は、遊山にでも行くかのような笑顔で半次を迎えた。

「ああ。手妻の絡繰の首尾を見届けたくてね」

半次は苦笑した。

「そうかい。ま、首尾良く行くのに決まっているが、お供代は十両だよ」

五郎八は、探るように半次を見た。

「そいつは、ありがてえ……」

半次は、喜んで見せた。

「じゃあ、行くよ……」

五郎八は、半次を促して今戸町に向かった。

半次は続いた。

今戸町の中井良伯の医療院は、訪れる患者もなく静寂に覆われていた。

半兵衛は、物陰から見張っていた。

「旦那……」

音次郎が、聞き込みから戻って来た。

「どうだった……」

「はい。近所の人が半刻程前、家来の原田と北村たち浪人が三人、医療院に入って行くのを見ていました」

音次郎は報せた。

「都合四人か、間違いないね」

「はい。珍しく患者が来たと思って見ていたそうですよ」

音次郎は苦笑した。

「そうか……」

「旦那、親分と五郎八です……」

音次郎は、やって来る五郎八と半次を示した。

「うむ……」

半兵衛と音次郎は、物陰に潜んでやって来る五郎八と半次を見守った。

五郎八と半次は、中井良伯の医療院の木戸門を入って行った。

「よし。行くよ……」

半兵衛は、音次郎を促して物陰を出た。


中井良伯は、五郎八と半次を診察室に通した。

「良伯先生、毒薬代の百両、用意出来ましたかい……」

五郎八は、嘲(あざけ)りを浮かべた。

「ああ……」

良伯は、強張(こわば)った面持ちで頷いた。

半次は、診察室の襖(ふすま)の向こうを窺った。

微かに人の気配がした。

今朝、音次郎の云っていた堀川家の家来と浪人共だ……。

半次は睨んだ。

「じゃあ、百両、渡して貰おうか……」

五郎八は、侮りを浮かべた。

「その前に薬だ。薬を出せ……」

良伯は、嗄れ声を震わせた。

「良いとも……」

五郎八は苦笑し、手拭の間から小さな薬包を取り出して見せた。

次の瞬間、良伯が小さな薬包に飛び付こうとした。

「慌てるんじゃあねえ……」

半次は、咄嗟に良伯を突き飛ばした。

良伯は、悲鳴を上げて襖の傍に倒れ込んだ。

家が揺れた。

「金だ。百両だ」

五郎八は怒鳴った。

襖を乱暴に開け、北村たち三人の浪人が踏み込んで来た。

「あっ……」

五郎八は驚いた。

半次は、咄嗟に北村たち三人の浪人に目潰しを投げた。

目潰しは、北村の胸に当たって粉を振り撒いた。

北村たち浪人は怯んだ。

「父っつあん……」

「ああ……」

半次は、這い蹲っている五郎八を抱え上げ、隣の待合の間に退いた。

「おのれ……」

北村たち三人の浪人は、半次と五郎八を追って待合の間に来た。

刹那、半兵衛が現れ、北村を十手で鋭く打ち据えた。

北村は、気を失って倒れ込んだ。

残る二人の浪人は怯んだ。

「半次、音次郎、良伯を押さえろ」

半兵衛は命じた。

「承知……」

半次と音次郎は、良伯の居る診察室に向かった。

「さあて、どちらからだ……」

半兵衛は、二人の浪人に笑い掛けた。

「くそっ……」

二人の浪人は、半兵衛に斬り掛かった。

半兵衛は躱した。

浪人の刀は、柱に深く斬り込んだ。

刀は抜けなかった。

浪人は狼狽えた。

半兵衛は、笑みを浮かべて十手を打ち下ろした。

浪人は沈んだ。

家は激しく揺れた。

五郎八は、隅に蹲って頭を抱えた。

半次と音次郎は、診察室で踠いている良伯を捕まえた。

「助けて、助けてくれ……」

良伯は、恐怖に激しく震えた。

「神妙にしろ……」

音次郎は、良伯に素早く捕り縄を打った。

半兵衛は、二人の浪人を打ちのめして診察室の奥に進んだ。

堀川家の家来の原田は、逸早く逃げたらしく何処にもいなかった。

「父っつあん、怪我はないか……」

半次は、蹲って頭を抱えている五郎八に声を掛けた。

「ああ。半次の兄いか。良伯の野郎は……」

「捕まえたぜ」

「そうか。藪医者め……」

五郎八は、気を失って倒れている北村たち浪人に戸惑いながら、診察室を覗いた。

半兵衛と音次郎が、縄を打った良伯を引き据えていた。

「えっ……」

五郎八は戸惑った。

「おう、お前が隙間風の五郎八か……」

半兵衛は笑い掛けた。

「は、はい……」

五郎八は、怯えたように頷いた。

「父っつあん、此方は北町奉行所の白縫半兵衛の旦那だよ」

半次は、引き合わせた。

「えっ、北町の白縫の旦那、じゃあ……」

五郎八は、半次を見詰めた。

「あっしは白縫の旦那から十手を預かっている者だぜ」

半次は苦笑した。

「そうか。そうだったのか……」

五郎八は、呆然とした面持ちで深々と溜息を吐いた。

「さあて、中井良伯、お前、堀川家の誰に頼まれて毒薬を売ったのだ」

半兵衛は、中井良伯を厳しく見据えた。

「そ、それは……」

良伯は、迷い躊躇った。

「良伯、藪医者と評判で患者のいないお前がこんな医療院を構えていられるのは、秘かに毒薬を調合し、高値で売り捌いているからだと、分かっているんだ……」

半兵衛は告げた。

「えっ……」

良伯は、激しく狼狽えた。

「素直に云わなければ、町医者の中井良伯が旗本堀川頼母さまに毒の薬を調合して飲ませ、秘かに殺そうとしたとなるが、それで良いのだな……」

半兵衛は苦笑した。

「お、お待ち下さい。私ではありません。私は毒薬を売っただけです」

良伯は慌てた。

「じゃあ、何処の誰に売ったんだ……」

半兵衛は、良伯を見据えた。

「お、奥方さまです……」

良伯は、声を引き攣らせた。

「なに……」

半兵衛は、思わず訊き返した。

「奥方さまです……」

良伯は声を震わせた。

「奥方さまとは、琴路さまか……」

半兵衛は戸惑った。

「はい。左様にございます」

良伯は頷いた。

良伯から毒薬を買い、堀川頼母に飲ませていたのは奥方の琴路……。

半兵衛は眉をひそめた。

「良伯、今の言葉に間違いはないのだな……」

「はい。間違いございません。毒薬をお買いになっていたのは、奥方の琴路さまなんです」

「良伯、その場凌ぎの嘘偽りは許さぬぞ」

半兵衛は見据えた。

「はい。嘘偽りではございません。本当です、信じて下さい」

良伯は、震える声で懸命に訴えた。

「よし、詳しい話は大番屋で聞かせて貰う」

「はい……」

良伯は項垂（うなだ）れた。

「あの、旦那。あっしは……」

五郎八は、半兵衛に媚（こ）びるように笑い掛けた。

「隙間風の五郎八。お前にはやって貰いたい事がある……」

半兵衛は笑った。

「やって貰いたい事……」

五郎八は眉をひそめた。

半兵衛は、町医者の中井良伯と浪人の北村たちを大番屋に引き立てるように命じ、盗人の隙間風の五郎八に何事かを囁いた。


新堀川の流れは緩（ゆる）やかだった。

堀川家家来の原田は、新堀川沿いの道を小走りに進んだ。そして、堀川屋敷に駆け込んだ。

「何、盗人の口封じに失敗しただと……」

堀川慶四郎は眉をひそめた。

「はい。その盗人、既に町奉行所の者共に眼を付けられていまして……」

原田は報せた。

「町奉行所の者共……」

慶四郎は緊張した。

「良伯の許に踏み込んで来て、雇った北村たちを打ちのめし、中井良伯を……」

「捕らえたのか……」

「はい……」

原田は頷いた。

「おのれ……」

慶四郎は、怒りを露わにした。

「慶四郎さま、此のままでは、盗人と良伯から堀川家の者が毒薬を買ったと町奉行所の者に知られ、お目付や評定所に伝わるかもしれません。そうなると……」

原田は、不安を過ぎらせた。

「兄上の長の患いの絡繰が露見するか……」

慶四郎は読んだ。

「かもしれませぬ……」

原田は、深刻な面持ちで頷いた。

「おのれ、不浄役人の分際で余計な真似を……」

慶四郎は吐き棄てた。

「慶四郎さま、如何致しましょう……」

原田は、慶四郎の指図を仰いだ。

「原田、此の事、義姉上は御存知なのか……」

慶四郎は、その眼に狡猾さを滲ませた。

「いえ。奥方さまには未だ……」

原田は、首を横に振った。

「往診に来た中井良伯の相手をし、秘かに毒薬を受け取っていたのは義姉上だけ……」

「はい。良伯も奥方さまが秘かに御遣いだと思っております」

原田は告げた。

「そうか……」

慶四郎は、冷ややかな笑みを浮かべた。

「慶四郎さま……」

原田は戸惑った。

「原田、此の一件、義姉上に始末して頂く」

慶四郎は云い放った。


堀川屋敷は静寂に覆われていた。

半兵衛は、新堀川に架かる小橋の袂(たもと)に佇み、堀川屋敷を眺めた。

「旦那、あっしは何をするんですかい……」

五郎八は、不安気に尋ねた。

「うん。隙間風のように堀川屋敷に忍び込み、奥方と家中の様子を見て来てくれ」

半兵衛は命じた。

「は、はい。そいつはお安い御用ですが、良いんですかい……」

五郎八は戸惑った。

「ああ。尤(もっと)も、見付かって捕らえられた時の責は己で取って貰うがな。さあ、行け」

半兵衛は、笑顔で促した。

「人使いが荒い旦那だぜ……」

五郎八は、ぼやきながら堀川家の土塀の傍の用水桶を伝って堀川屋敷に忍び込んで行った。

半兵衛は見送った。

家来の原田は、既に屋敷に戻って奥方の琴路に事の顚末(てんまつ)を報せた筈だ。

奥方の琴路は、それを知ってどうする……。

半兵衛は、奥方琴路の動きを見定めようと、五郎八を忍び込ませた。

堀川屋敷は静けさに満ちていた。

家来や奉公人は、病の主に気を使って物音を立てず、大声を出さずにいるのだ。

五郎八は、以前と同じように奥庭に進んだ。

奥庭に人影はなかった。

五郎八は、奥庭の植込みの陰に潜み、屋敷を眺めた。

主の頼母の寝間を始めとした連なる座敷は、いずれも障子が閉められていた。

奥方の琴路の部屋は何処か……。

五郎八は眉をひそめた。

若い武士が廊下に現れ、頼母の寝間近くの座敷に声を掛け、障子を開けた。

座敷の中に女の姿が僅かに見えた。

あそこだ……。

五郎八は、座敷の障子が閉まるのを待って濡れ縁に走った。そして、縁の下に素早く潜り込んだ。

五郎八は、濡れ縁の下から奥に進んだ。

女と男の声が、頭上から聞こえた。

「慶四郎どの、それは真(まこと)ですか……」

女の狼狽えた声がした。

奥方さまだ……。

五郎八は、息を潜めて耳を澄ました。

奥方の琴路は、恐怖に震えた。

「はい。医者の中井良伯が町奉行所に捕らえられた今、病に見せ掛けて殺す毒を兄上が飲まされていたのは、何れ露見するでしょう」

慶四郎は、琴路を見詰めて告げた。

「ならば、慶四郎どの……」

「はい。良伯から毒薬を買っていたのは義姉上、町奉行所は義姉上が夫である兄上に毒を飲ませていたと……」

「そんな。頼母さまを病に見せ掛けて亡き者にし、慶四郎どのが堀川家の家督と私を受け継ぐと。ですから、私は良伯から毒を……」

琴路は、慶四郎に縋った。

刹那、慶四郎は脇差を抜き、琴路の胸元に突き刺した。

「け、慶四郎どの……」

琴路は、呆然とした面持ちで慶四郎を見詰めて息絶えた。

慶四郎は、琴路の懐剣を抜いて刃を血で汚し、その手に握らせた。

「愚かな女だ……」

慶四郎は、嘲りを含んだ声で云い放った。

五郎八は呆然とした。

慶四郎が座敷から出て行く足音がした。

五郎八は、足音が消え去るのを見計らって縁の下を出た。


五郎八は、奥方の琴路の死を見定めた。

琴路は、己の懐剣を握り締めて死んでいた。

慶四郎と云う男が、琴路を自害に見せ掛けて殺した。

酷い真似をしやがる……。

五郎八は、琴路に手を合わせた。


堀川屋敷の裏手から五郎八が出て来た。

「おう。どうだった……」

「旦那、奥方の琴路さま、慶四郎って野郎に殺されましたよ」

五郎八は、腹立たし気に告げた。

「何……」

半兵衛は眉をひそめた。

風が吹き抜け、半兵衛の鬢の解れ毛が揺れた。

堀川家は、奥方琴路が自害したと公儀に届け出た。

目付は、琴路が中井良伯から毒を買っていた事実を知り、己の悪事が露見するのを恐れて自害したと見定めた。

評定所は、堀川家に家中取締不行届として減知し、主の頼母を隠居させた。

堀川家の親類の者たちは、慌てて弟の慶四郎に家督を継がせようとした。

半兵衛は、町医者中井良伯に毒薬を作って高値で売り捌いていた事実を白状させた。

「おのれ、藪医者……」

北町奉行所吟味方与力大久保忠左衛門は激怒し、中井良伯を死罪にした。

数日後、堀川慶四郎は親類の家から帰る途中、三味線堀の傍で何者かに正面から袈裟懸けの一太刀で斬り斃された。

刀の柄を握り締め、抜く事も出来ずに……。

斬ったのはおそらく辻斬りであり、居合抜きの達人だと世間は囁き合った。

堀川慶四郎は死んだ……。

「で、旦那、五郎八はどうしました」

半次は尋ねた。

「うん。それなんだが、五郎八が中井良伯の悪事に気が付いたのが事の始まり、手柄と云える……」

「じゃあ、知らん顔をしますか……」

半次は、嬉し気に笑った。

「ああ。強請も失敗したし、世の中には私たちが知らん顔をした方が良い事もあるからね。ま、隙間風が吹いたようなもんだ」

半兵衛は苦笑した。

堀川慶四郎を斃した辻斬りは見付からず、隙間風は吹き抜けた……。

第三話　流れ者

一

浜町堀は神田堀から続き、大川の三つ又に流れ込んでいる。元浜町は浜町堀に架かっている汐見橋の西詰にあり、様々な店が軒を連ねていた。

連なる店の中には、銀屋『浜銀』があった。

銀屋『浜銀』は、銀の簪、櫛、煙管、急須、香炉、薬缶などの銀製品を作って売る小さな老舗だった。

銀製品は、鍛金、切嵌、彫金の三つの技法で作られ、その職人は銀師と称された。

鍛金は銀を絞って形にし、切嵌は絵柄を切り抜いて別の金属を嵌め込み、彫金は鏨で模様を彫り込む技法だ。

元浜町の銀屋『浜銀』は、喜作と云う老銀師が主であり、老番頭の宗兵衛と二人で地道な商売をして来た。

銀屋『浜銀』は、喜作の腕と宗兵衛の商売の上手さで江戸でも指折りの老舗と呼ばれ、好事家や大店の主からの注文の絶えない銀屋だった。そして今、銀屋『浜銀』は、銀師である喜作の倅の喜助と宗兵衛の娘のおふみが店を手伝っていた。

銀屋『浜銀』は、それなりに繁盛していた。

古い三度笠に縞の合羽の渡世人は、汐見橋の東詰に佇み、浜町堀越しに銀屋『浜銀』を見詰めていた。

銀屋『浜銀』の暖簾を揺らし、箒を手にした若い女が出て来た。

おふみか……。

渡世人は、思わず若い女を見詰めた。

若い女は、渡世人の視線を感じたのか、怪訝な眼差しを向けた。

渡世人は、素早く身を翻して汐見橋の東詰から立ち去った。

若い女は、戸惑った面持ちで足早に立ち去って行く渡世人を見送った。

浜町堀に船の櫓の軋みが響いた。

朝陽は組屋敷に差し込み、縁側では廻り髪結の房吉が半兵衛の月代を剃り、髷を結っていた。

「ほう。茶道具屋の千の家の隠居が銀の香炉をな……」

半兵衛は、眼を瞑って房吉の話を聞いていた。

「ええ。千の家の御隠居の香庵さまは、好事家で名高い方。その香庵さまから百両もの銀の香炉を作るのを任されれば、江戸でも一番の銀師。江戸の銀師は、誰が選ばれるか固唾を飲んで見守っていますよ」

房吉は、半兵衛の髷を結いながら告げた。

「だろうねえ。で、誰が下馬評に上がっているんだい」

「はい。香庵さまの千の家お抱え銀師の東秀、公儀の仕事が多い久兵衛、千の家と並ぶ茶道具屋の紅梅堂の仕事が主な万蔵さんたちですか……」

房吉は告げた。

「そうか。誰が選ばれるんだろうねえ」

「ま、誰が選ばれても江戸で一番の名人銀師って事でしょうね」

房吉は読んだ。

「そうだねえ……」

半兵衛は頷いた。

神田川の流れは煌めいていた。

半兵衛は、半次と音次郎を従え、木戸番に誘われて柳森稲荷裏の河原を進んだ。

河原の行く手には自身番の者たちが集まり、筵を掛けられた男の濡れた死体があった。

「御苦労さまです……」

半兵衛、半次、音次郎は、自身番の者たちに迎えられ、死体に手を合わせた。

「仏さん、神田川の上流で落ち、此処に流れ着いたようだね」

半兵衛は、神田川を眺めた。

「ええ……」

半次は頷いた。

「よし、死体を検めるよ」

「はい……」

半次と音次郎は、死体に被せてあった筵を捲った。

濡れた死体は、羽織を着た初老の男だった。

半兵衛は、初老の男の腹を力を込めて押した。

初老の男の口から僅かな水が零れた。

「旦那……」

半次は眉をひそめた。

「ああ。溺れ死んだ訳じゃあないね……」

半兵衛は、初老の男の着物の胸元を押し広げた。

心の臓に一寸程の水に洗われた傷があった。

半兵衛は、傷口に指を入れて深さを測った。

半次と音次郎は見守った。

「かなり深いね。心の臓を匕首で一突き、それから神田川に放り込んだ……」

半兵衛は、殺しの手口を読んだ。

「そうですか。で、財布がある処をみると物盗りじゃありませんか……」

半次は睨んだ。

「うん。して、仏が何処の誰か分かっているのか……」

　半兵衛は、自身番の者たちに尋ねた。

「は、はい。神田三河町に住んでいる銀師の久兵衛さんです。今、家の者を呼びに行っております」

　自身番の者は、仏の身許を知っていた。

「銀師の久兵衛……」

　半兵衛は眉をひそめた。

「旦那、御存知なので……」

　半次は、怪訝な眼を向けた。

「うん。今朝、房吉に訊いた名前だ……」

「房吉さんに……」

　半次は、戸惑いを浮かべた。

「ああ……」

　半兵衛は頷いた。

「お父っつあん……」

　若い職人が、血相を変えて駆け寄って来た。

そして、久兵衛の死体に取り縋って泣き出した。

一緒に来た中年の職人が立ち尽くした。

「音次郎……」

半次は目配せをした。

「はい……」

音次郎は頷き、中年の職人を半兵衛と半次の許に連れて来た。

「やあ。久兵衛さんの知り合いかい……」

半次は尋ねた。

「はい。弟子の為吉です」

中年の職人は、久兵衛の弟子の為吉だった。

「そうか。で、久兵衛さん、昨夜、何処かに出掛けたようだね」

半次は、久兵衛が羽織を着ていた処からそう読んだ。

「はい。親方は昨夜、同じ銀師の東秀さまのお招きで不忍池の畔の料理屋にお出掛けになったそうでして……」

為吉は告げた。

「銀師の東秀……」

半兵衛は眉をひそめた。

「はい。それでお帰りにならないので、倅の久助さんが心配して、弟子のあったちと捜していたのですが……」

「捜したってのは、何処を……」

半次は訊いた。

「はい。料理屋の若菜や銀師の東秀さまの家に……」

「で……」

半次は、話の続きを促した。

「若菜はとっくにお帰りになった。東秀さまは若菜で別れたと……」

為吉は告げた。

「そうですか。旦那……」

「うん。為吉、その寄合に銀師の万蔵は来なかったのかな」

「さあ、万蔵の親方が来たのかどうかは分かりません」

半兵衛は尋ねた。

為吉は首を捻った。

「そうか……」

半兵衛は、銀師の東秀の家の場所を訊いて久兵衛の死体の引き取りを許した。

昼飯時の蕎麦屋は混んでいた。

半兵衛は、半次や音次郎と二階の座敷に上がり、蕎麦を手繰りながら日髪日剃で房吉に聞いた話を教えた。

「へえ、千の家の御隠居の香庵さまが百両の銀香炉を……」

半次は眉をひそめた。

「ああ。それで選ばれた銀師は、江戸一番の銀師、名人だそうだ」

半兵衛は苦笑した。

「その選ばれそうな銀師たちが、殺された久兵衛さんに東秀さん、万蔵さんですか……」

半次は頷いた。

「ああ。で、その中の東秀が久兵衛を不忍池の畔の料理屋若菜に招いた」

「招いた用件は、香庵さまの銀の香炉の事ですかね……」

音次郎は読んだ。

「おそらくね。よし、半次と音次郎は料理屋の若菜に行ってくれ。私は銀師の東秀に逢ってみるよ」

　半兵衛は、蕎麦の残りを手繰った。

　不忍池には水鳥が遊び、水飛沫が煌めいていた。

　料理屋『若菜』は、不忍池の畔にあった。

　半次は、料理屋『若菜』の女将に久兵衛と東秀の様子を尋ねた。

「ああ。東秀さん、久兵衛さんですか、その方に頭を下げて何か頼み込んでいましたよ」

　女将は眉をひそめた。

「頭を下げて何か頼んでいた……」

　千の家の隠居香庵の銀香炉の一件か……。

　半次の勘が囁いた。

「ええ。で、久兵衛さんですか、難しい顔をしていましてね」

　女将は囁いた。

「じゃあ、東秀さんの頼みは、聞いて貰えなかったようだね」

　東秀は、久兵衛に香庵に選ばれたら断わってくれと頼んだのかもしれない。しかし、久兵衛は東秀の頼みを蹴(け)った。

半次は読んだ。

「それが、良く分からないんですよ」

女将は、戸惑いを浮かべた。

「良く分からない……」

「ええ。東秀さん、久兵衛さんが帰ってから随分と機嫌が良くて……」

女将は首を捻った。

「機嫌が良かった……」

半次は眉をひそめた。

その後、久兵衛は東秀の頼みを聞き入れたのかもしれない。

何かがあった……。

半次は知った。


「えっ。帰って行く久兵衛さんを追って行った奴がいる……」

音次郎は、料理屋『若菜』の下足番(げそくばん)に訊き返した。

「ああ。雑木林(ぞうきばやし)から出て来てね。久兵衛さんを追い掛けて行きましたよ」

「そいつ、どんな奴でした」

「どんなって派手な縞の半纏を着た遊び人のような奴でしたぜ」

下足番は告げた。

「派手な縞の半纏を着た遊び人……」

音次郎は眉をひそめた。


本郷菊坂町に銀師東秀の家はあり、作業場では数人の弟子が鍛金や彫金の仕事をしていた。

銀師東秀は、訪れた半兵衛を座敷に通した。

「それで、白縫さま、御用とは何でございましょう……」

東秀は、半兵衛に探る眼を向けた。

「そいつなんだがね、東秀。昨夜、同業の銀師の久兵衛が殺されてね」

半兵衛は、東秀の反応を窺った。

「きゅ、久兵衛さんが……」

東秀は、驚きに眼を剝いた。

「ああ。どうやら昨夜、お前さんと不忍池の畔の若菜で別れた後にね……」

「そうなんですか……」

「ああ。で、財布も残されていて物盗りじゃあない……」

半兵衛は、東秀を見据えた。

「し、白縫さま……」

東秀は、微かな怯えを過ぎらせた。

「東秀。お前さん、揉めたんじゃあないのか、久兵衛と……」

「久兵衛さんと揉めた……」

「ああ。千の家の隠居香庵の企てから身を引いてくれと頼んで断わられてな。違うか」

半兵衛は、東秀に探る眼を向けた。

「ち、違います。手前はそんな事を久兵衛さんに頼んじゃあいません……」

「ならば、何故に若菜に呼んだのだ……」

「そ、それは……」

東秀は、言葉に詰まった。

「何故だ……」

「それは、御隠居の香庵さまも迷惑な事を考えられたものだと、愚痴を零し合お

う と……」

東秀は、云い難そうに告げた。

「愚痴を零し、不満の一つも云ってみるか……」

半兵衛は苦笑した。

「えっ、ええ。まあ……」

東秀は、困ったように頷いた。

「ならば、どうして万蔵は呼ばなかったのだ」

半兵衛は訊いた。

「万蔵さんですか……」

「うん。銀師の万蔵もお前さんたち同様に香庵の銀香炉作りの下馬評に上がって
いるんだろう」

「そうなんですか……」

「ほう。知らなかったのか……」

「はい……」

東秀は頷いた。

「そうか、ま、良い……」

東秀は惚けているのか、本当に知らないのか……。

半兵衛は苦笑した。

半次と音次郎は、料理屋『若菜』を出てからの久兵衛と派手な縞の半纏を着た遊び人らしき男の足取りを探した。

久兵衛の家は神田三河町であり、神田川を渡った神田八ツ小路の向こうだ。帰るとしたら、神田川に架かっている昌平橋を渡る。

半次と音次郎は、久兵衛と派手な縞の半纏を着た遊び人の足取りを追った。

銀師の万蔵の家は、木挽町一丁目にあった。

半兵衛は、万蔵の家を訪れた。

銀師の万蔵は、半兵衛を座敷に通した。

半兵衛は、万蔵に東秀から料理屋に誘われなかったか尋ねた。

「誘われましたよ……」

万蔵は苦笑した。

「ほう。やはり、誘われたか……」

「はい。ですが、断わりました」

「断わった……」

「ええ。東秀さんの話は、千の家の御隠居の香庵さまの銀の香炉の事ですので……」

「小細工なしで、千の家の隠居の香庵に選んで貰うか……」

半兵衛は、小さな笑みを浮かべた。

「いいえ。白縫さま、手前は紅梅堂の子飼い。旦那さまに育てられて今日迄やって来ました。千の家の御隠居さまには申し訳ありませんが、仮に選ばれても、引き受けずに断わります」

万蔵は、半兵衛を見詰めて告げた。

「ほう、それで東秀の誘いを断わったのか……」

「左様にございます」

万蔵は頷いた。

嘘偽りはない……。

半兵衛は見定めた。

「それにしても、久兵衛さんが殺されたとは、お気の毒に……」

万蔵は、久兵衛に同情した。

「うむ……」

半兵衛は頷いた。

囲炉裏(いろり)の火は燃えた。

「そうですか、東秀、久兵衛さんと若菜で御隠居の香庵さんの愚痴や不満を云っていたってんですか……」

半次は、茶碗酒を啜(すす)った。

「ああ。惚けているのか、本当に知らないのか……」

半兵衛は苦笑した。

「惚けているなら、かなりの玉ですね」

音次郎は首を捻った。

「ああ。で、そっちはどうだった」

「そいつが、女将の話じゃあ、東秀、最初は久兵衛さんに何かを頼んで断わられていたそうですが、何故か最後は機嫌が良かったとか……」

半次は告げた。

「へえ、そうなんだ……」

「はい……」

「それから旦那。若菜の下足番の話では、久兵衛さんを派手な縞の半纏を着た遊び人のような男が追って行ったようだと……」

音次郎は、飯を食べながら告げた。

「派手な縞の半纏を着た男……」

半兵衛は眉をひそめた。

「はい……」

「それで、久兵衛さんと派手な縞の半纏を着た遊び人の足取りを音次郎と追ったんですが、何分(なにぶん)にも夜中の事で、今の処は何も……」

半次は告げた。

「そうか……」

「旦那、久兵衛さんが死に、万蔵さんが紅梅堂に恩義を感じて引き受けないなら、千の家の御隠居の香庵さまの銀の香炉は、東秀が作る事になるんですかね」

音次郎は眉をひそめた。

「さあて、そいつはどうかな……」

半兵衛は笑った。

囲炉裏の火は揺れた。

浜町堀には行き交う船もなく、流れに月影が映えていた。

派手な縞の半纏を着た男は、銀屋『浜銀』の雨戸に油を掛けて火を付けようとしていた。

「何をしている……」

三度笠に縞の合羽の渡世人が立っていた。

派手な縞の半纏を着た男は、慌てて逃げ出した。

渡世人は、縞の合羽を翻して追った。

派手な縞の半纏を着た男は、汐見橋の袂に追い詰められた。

「浜銀にどうして付け火をしようとした……」

渡世人は、派手な縞の半纏を着た男を厳しく見据えた。

「煩せえ……」

派手な縞の半纏を着た男は、匕首を抜いて渡世人に襲い掛かった。

「馬鹿野郎……」

渡世人は、長脇差を一閃した。

派手な縞の半纏を着た男は胸元を斬られ、血を飛ばして浜町堀に落ちた。

水飛沫が上がった。

渡世人は、三度笠を目深に被って足早に立ち去った。

二

浜町堀に架かっている千鳥橋は汐見橋の下流にあり、橋脚には派手な縞の半纏を着た男の死体が引っ掛かっていた。

派手な縞の半纏を着た男の死体は、自身番の者や木戸番たちによって引き上げられた。

半兵衛は、半次や音次郎と駆け付け、男の死体を検めた。

「派手な縞の半纏の遊び人風の男か……」

半兵衛は眉をひそめた。

「はい。料理屋の若菜から帰る久兵衛さんを追って行った奴と同じですね」

音次郎は首を捻った。

半兵衛は、男の胸元の刀傷を検め、その腹を押した。

男は水を吐き出した。

「斬られて浜町堀に落ち、水を飲んで死んだようだな……」

半兵衛は読んだ。

「旦那、仏さんの持ち物です……」

音次郎は、濡れた巾着と手拭、そして革袋を差し出した。

半兵衛は、巾着の中を検めた。

巾着の中には、一朱銀が二枚と僅かな小銭が入っていた。

「旦那……」

音次郎は、手拭を差し出した。

手拭の端には、〝伊佐吉〟と書かれていた。

「伊佐吉か……」

「仏さんの名前ですかね」

「おそらくな……」

半兵衛は頷き、残る革袋の中身を検めた。

革袋の中には、火打石と附木があった。

「火打石に附木……」

半兵衛は、微かな戸惑いを浮かべた。

「旦那……」

半次がやって来た。

「おう……」

「仏さんが浜町堀に落ちた場所が分かりましたよ」

半次は、緊張した面持ちで半兵衛に報せた。

「そうか……」

半兵衛と音次郎は、半次に続いた。


「こいつを見て下さい……」

半次は、浜町堀に架かっている汐見橋の欄干の下を示した。

赤黒い血痕が僅かに附いていた。

「血だね……」

「ええ。仏さん、此処で斬られて浜町堀に落ちたようですね」

半次は睨んだ。

「うむ。間違いないね……」

半兵衛は頷き、辺りを見廻した。

汐見橋の前に銀屋『浜銀』があり、戸口の端の戸袋の下が陽差しを受けて鈍色に輝いた。

「うん……」

半兵衛は、眉をひそめて銀屋『浜銀』に近付いた。

「旦那……」

半次は、怪訝な面持ちで続いた。

半兵衛は、銀屋『浜銀』の戸口と戸袋を眺めた。

「旦那……」

「うん。音次郎、雨戸を引き出してみな」

「はい……」

音次郎は、戸袋から雨戸を引き出した。

引き出された雨戸は、濡れたように輝いていた。

半兵衛は眉をひそめた。

「旦那……」

音次郎は戸惑った。

「ああ。油が掛けられたようだな」

半兵衛は、雨戸の濡れたような輝きを指先で擦った。

「まさか、誰かが火を付けようと……」

半次は睨んだ。

「うん。おそらく浜町堀に落ちて死んだ伊佐吉の仕業だろう……」

半兵衛は、革袋に入っていた火打石と附木を示した。

「じゃあ、仏の伊佐吉が付け火をしようとして、誰かに見咎められて争いになり、殺されたって処ですか……」

半次は読んだ。

「かもしれない……」

半兵衛は頷いた。

「あの……」

銀屋『浜銀』の店の奥から前掛をした若い女が出て来た。

「やあ、邪魔をしているよ」

半兵衛は、前掛をした若い女に笑った。

「は、はい。あの……」

若い女は戸惑った。

「私は北町奉行所の白縫半兵衛。こっちは半次と音次郎……」

「はい、私はおふみと申しまして、此の浜銀の者にございます」

「そうか。で、おふみ、雨戸に油が掛けられているが、何か心当たりはあるか……」

「油は、今朝、私も気が付いたのですが、心当たりなどは……」

おふみは、不安そうに首を捻った。

「どうした、おふみ……」

羽織を着た年寄りが、店の奥から出て来た。

「あっ、お父っつあん……」

「お役人さま、浜銀の番頭の宗兵衛にございますが、何か……」

おふみの父で番頭の宗兵衛は、戸惑いを浮かべた。

「うん。千鳥橋で見付かった仏なんだが、どうも此の浜銀の雨戸に油を掛け、火を付けようとしたらしい……」

半兵衛は告げた。

「えっ。そんな……」

「お父っつあん……」

宗兵衛とおふみは驚き、不安そうに顔を見合わせた。

「それで、知っている奴かどうか。ちょいと仏の顔を見てやってくれないかな」

「は、はい……」

宗兵衛とおふみは頷いた。

半兵衛は、宗兵衛とおふみに仏の伊佐吉の面通しをさせた。しかし、宗兵衛とおふみは、伊佐吉に見覚えはなかった。

「半次、音次郎、伊佐吉の派手な縞の半纏が気になるね」

「はい。油を掛けた店が銀屋の浜銀ってのもですか……」

半次は、小さな笑みを浮かべた。

「うん。よし、半次と音次郎は、昨夜、争いを見た者がいないか、伊佐吉がどんな奴か洗ってみてくれ。私は浜銀の主に逢ってみる」

半兵衛は告げた。

「承知しました。じゃあ、音次郎……」

半次は、半兵衛に会釈をして音次郎と共に立ち去った。

半兵衛は見送り、銀屋『浜銀』に向かった。

銀屋『浜銀』は小体な店構えだが、上質な銀の品物が飾られていた。

中々の物だ……。

半兵衛は感心した。

「お待たせ致しました。どうぞ……」

おふみは、半兵衛を店の奥に誘った。

座敷には、年寄りの職人と若い職人が、番頭の宗兵衛と一緒にいた。

「邪魔をする……」

半兵衛は座った。

「白縫さま、こちらが銀屋浜銀の主で銀師の喜作。控えているのは、喜作の倅の喜助と申しまして、喜作の弟子の銀師にございます」

宗兵衛は、銀屋『浜銀』の主で銀師の喜作と倅の喜助を半兵衛に引き合わせた。

「そうか。白縫半兵衛だ……」

半兵衛は笑い掛けた。

「はい。で、白縫さま、手前共に御用とは……」

喜作は、半兵衛を見詰めた。

「うん。他でもない、喜作は茶道具屋千の家の隠居香庵の銀の香炉の話は知っているね」

半兵衛は尋ねた。

「はい。香庵さまの触れは、手前共にも届いております」

喜作は頷いた。

「して……」

「はい。手前共銀師は選ばれる側、待つしかございませんが……」

喜作は、微かな困惑を浮かべた。

「どうした……」

「手前は銀の古美術品を作っているのではなく、銀の道具を作っていますので……」

喜作は、職人気質の強い銀師なのだ。

半兵衛は知った。

「香庵の銀の香炉には、余り興味はないのかな……」

「はい……」

喜作は、厳しい面持ちで頷いた。

「そうか。ならば、尋ねるが、本郷菊坂の銀師東秀が逢いたいと云って来なかったか」

「来ました……」

喜作は、半兵衛を見詰めて頷いた。

「来たか……」

「はい……」

「して、どうした」

「忙しいので、断わりました」

「そうか……」

半兵衛は頷いた。

「白縫さま、それが店の雨戸に掛けられていた油と何か拘わりが……」

喜作は、白髪眉をひそめた。

「うむ。油を掛けたのは、おそらく千鳥橋に引っ掛かっていた仏、派手な縞の半纏を着た伊佐吉って奴なのだが、此奴が東秀と逢っていた三河町の銀師、久兵衛を殺したかもしれないのだ」

半兵衛は告げた。

「久兵衛さんを殺した奴……」

喜作は驚き、宗兵衛と顔を見合わせた。

「うむ。それで追っていたのだが……」

「そんな奴が店の雨戸に油を掛けて火を……」

宗兵衛は、戸惑いと怒りを滲ませた。

「おそらく……」

「白縫さま、それらの事は、香庵さまの銀の香炉と拘わりが……」

喜作は、半兵衛を見詰めた。

「おそらく、あるだろう……」

半兵衛は頷いた。

「そうですか。喜助……」

喜作は、倅の喜助を呼んだ。

「はい……」

　喜助は、緊張した面持ちで父親で銀師の親方の喜作を見詰めた。

「此から室町の千の家に行き、御隠居の香庵さまに、銀師の喜作は、此度の銀の香炉には一切拘わらないと伝えて来な」

　喜作は、倅の喜助に命じた。

「親方、それなら私が行くよ」

　宗兵衛は、喜作に告げた。

「宗さん……」

「喜助には香庵さまは未だ荷が重い。私が角が立たないように穏便に始末して来るよ」

　宗兵衛は笑った。

「そうか。宗さん、宜しく頼むよ」

　喜作は、宗兵衛に頭を下げた。

「ああ。商売と店の事は私が引き受けた。親方は納得のいく良い品物を作ってくれ」

　宗兵衛は笑った。

「成る程、銀屋浜銀がどんな店か良く分かったよ……」

半兵衛は微笑んだ。

銀師の喜作は、東秀、久兵衛、万蔵たちに引けを取らない腕の持ち主なのだ。

室町の茶道具屋『千の家』の隠居の香庵は、百両の銀の香炉作りの銀師の候補に『浜銀』の喜作も選んでいるのだ。

東秀はそれを知り、久兵衛に続いて喜作も狙ったのか……。

火事で焼け死ぬか、助かったとしても火を出した責はある。

喜作は、香庵の銀の香炉作りの銀師にはなれないのだ。

何れにしろ、銀師の東秀だ……。

東秀と派手な縞の半纏を着た伊佐吉の拘わりの確かな証拠だが、伊佐吉が何者かに殺された今、拘わりを摑むのは難しくなった。

「処で近頃、店に何か変わった事はなかったかな」

「変わった事にございますか……」

宗兵衛は訊き返した。

「うん。ひょっとしたら、浜銀に火を付けようとした伊佐吉を止め、争った者が浜銀に拘わりのある者かもしれないと思ってね」

「さあ、別に此と云って変わった事は……。おふみ、お前は何か気が付いていないか」

宗兵衛は、娘のおふみに尋ねた。

「さあ、変わった事と云われても……」

おふみは、微かな躊躇いを過ぎらせ、喜助をちらりと見た。

喜助は俯いた。

「そうか……」

半兵衛は、おふみの微かな躊躇いと喜助の様子を見逃さなかった。

おふみと喜助は何かを知っていて、喜作や宗兵衛に隠そうとしている……。

半兵衛は睨んだ。

浜町堀には荷船が行き交った。

半兵衛は、汐見橋に佇んで浜町堀を眺めた。

「旦那……」

音次郎が駆け寄って来た。

「おう。何か分かったか……」

半兵衛は迎えた。

「はい。昨夜遅くの争いを見た者はいませんが、此処の処、浜町堀界隈に三度笠に縞の合羽の渡世人が彷徨いているそうですぜ」

音次郎は報せた。

「三度笠に縞の合羽の渡世人……」

半兵衛は眉をひそめた。

「はい。渡世人が伊佐吉の付け火を見付けて争いになり、長脇差で斬ったって処ですかね」

音次郎は告げた。

「うん。渡世人か……」

「はい……」

「よし、音次郎。その渡世人を捜してみろ」

半兵衛は命じた。

神田明神の境内は参拝客で賑わっていた。

半次は、境内にいた土地の地廻りの金八に尋ねた。

「うん。伊佐吉って遊び人だが、知っているかな……」

「伊佐吉ですかい……」

金八は眉をひそめた。

「うん。派手な縞の半纏を着た奴だ……」

「ああ。縞の半纏の伊佐吉なら知っていますぜ……」

「知っているか……」

「ええ、まあ……」

金八は、面倒そうに頷いた。

「伊佐吉、どんな奴だ」

「三味線のお師匠さんや大店の後家さんの紐になるのが望みだそうでしてね。今は大店の旦那や御隠居の使いっ走りをしていますよ」

金八は嘲笑した。

「大店の旦那や御隠居の使いっ走り……」

「ええ……」

「何処の旦那か御隠居か分かるかな……」

「さあ、そこ迄は……」

金八は首を捻った。

「分からないか……」

「ええ……」

「そうか。処で伊佐吉、殺しや付け火を引き受けたりするような奴かな……」

「そりゃあ、金によっては、やりかねませんぜ……」

金八は、狡猾な笑みを浮かべた。

「やりかねないか……」

「ええ。ま、詳しい事が訊きたけりゃあ門前町の鶴やって小料理屋のおもんって女将に逢ってみるんですね」

「鶴やのおもん……」

「ええ。伊佐吉の野郎。近頃、通っているようですからね……」

「そうか。で、塒が何処か知っているか……」

「さあて、賭場か飲み屋か……」

金八は吐き棄てた。

「そうか……」

「親分、伊佐吉の野郎、何かしたんですかい」

「ああ。昨夜、殺されたよ」

「ええっ……」

金八は驚いた。

半次は苦笑した。


浜町堀に櫓の軋みが響いた。

半兵衛は、古い甘味処の二階の座敷に上がり、窓から向かい側を眺めた。

向かい側には、浜町堀の流れと銀屋『浜銀』が見えた。

「お待たせしました」

店の老婆が、半兵衛に茶と安倍川餅を持って来た。

「おう……」

「旦那、土左衛門のお調べですか……」

老婆が笑い掛けた。

「うん。処で婆さん、浜銀の親方の喜作、根っからの銀職人のようだね」

「そりゃあ、もう。筋金入りの職人でしてね。不愛想で、頑固で、商売下手。そいつを番頭の宗兵衛さんが、上手く切り盛りしてんですよ……」

老婆は笑った。

「そいつは昔からかな」

「ええ。浜銀の暖簾を出した時から一緒でね。親方の喜作さんは作る人、番頭の宗兵衛さんは売る人。お互いに信用していて、上手く行っているんですよ。面白いもので、子供の喜助とおふみちゃんも同じでね……」

老婆は、話好きだった。

「そうか……」

「尤も銀師としての腕は、喜助より喜平の方があったそうだけどね」

「喜平……」

「ええ……」

半兵衛は眉をひそめた。

「喜平ってのは……」

「喜助の兄ちゃん、喜作の親方の長男坊ですよ」

「そうか、喜作にはもう一人、倅がいるのか……」

「ええ。若いのに腕が良いって評判だったんだけどね。そいつが祟って酒と女と博奕。喜作さんに勘当されて出て行ったんですよ」

「喜平ってもう一人の倅か……」

半兵衛は知り、窓から銀屋『浜銀』を見た。
二人の浪人が、銀屋『浜銀』の店内を窺っていた。
伊佐吉の仲間か……。
半兵衛は読んだ。
「ちょいと出て来る。婆さん、安倍川餅は取って置いてくれ」
半兵衛は、老婆に云い残して甘味処の二階から下りた。
半兵衛は、甘味処を出て汐見橋を渡った。
だが、銀屋『浜銀』を窺っていた二人の浪人は既にいなかった。
もし、伊佐吉の仲間だとしたら、伊佐吉の死を知ってどう出るか……。
半兵衛は、厳しい面持ちで浜町堀を眺めた。
猪牙舟が行く浜町堀は長閑だった。

三

神田明神門前町の飲み屋通りは、漸く動き始めていた。
前夜の片付けと掃除、今夜の仕込み……。

飲み屋の者たちは、欠伸を嚙み殺しながら忙しく開店の仕度を始めていた。

半次は、飲み屋通りにある小料理屋『鶴や』を訪れた。

小料理屋『鶴や』の女将のおもんは、既に店の掃除を終えて仕込みをしていた。

半次は、おもんに伊佐吉の事を訊いた。

「伊佐吉さんは、御贔屓にして下さっていますが、何か……」

おもんは眉をひそめた。

どうやら、伊佐吉を余り快く思っていないようだ。

好都合だ……。

「うん。伊佐吉、大店の旦那や隠居の使いっ走りをしているそうだが、今は何処の誰の使いっ走りをしているか知っているかな……」

半次は尋ねた。

「さあ、良く知りませんが、近頃は明神下の口入屋の万屋に出入りしているようですよ」

おもんは、隠す気配もなく告げた。

「明神下の口入屋の万屋……」

半次は訊き返した。

「ええ。親分さん、伊佐吉、此処に来ちゃあ大きな顔をして、お馴染さんに煩く口出しして迷惑しているんですよ。どうにかなりませんかね」

おもんは、腹立たし気に訴えた。

「安心しな、女将。伊佐吉は昨夜、浜町堀で殺されたよ」

半次は告げた。

「えっ、殺された……」

女将のおもんは、驚きに眼を大きく瞠った。


口入屋『万屋』は、昌平橋から不忍池に続く明神下の通りにあった。

半次は、口入屋『万屋』を窺った。

昼間の口入屋には、訪れる者も少なかった。

口入屋『万屋』の主の重吉は、眼の鋭い肥った男だった。

半次は、付近の人々に聞き込みを掛けた。

重吉は、求人や求職の周旋をする口入屋の仕事の他にも何かをしている。

付近の人々は囁いた。

だが、重吉が口入屋の他に何をしているかを知る者はいなかった。
伊佐吉は、重吉の口入屋以外の仕事に拘わっていたのかもしれない。
暫く様子を窺った方が良い……。
半次は、口入屋『万屋』を見張った。
二人の浪人が現れ、口入屋『万屋』の暖簾を潜った。
月代を伸ばした着流しの若い男が追って現れ、物陰から口入屋『万屋』を見詰めた。
誰だ……。
着流しの若い男は、二人の浪人を追って来たのかもしれない。
半次は睨んだ。
僅かな刻が過ぎた。
二人の浪人が口入屋『万屋』から現れ、明神下の通りを昌平橋に向かった。
着流しの若い男は追った。
どうする……。
半次は迷った。
そして、二人の浪人と着流しの若い男を追った。

三河町の銀師久兵衛を殺したのは、遊び人の伊佐吉に違いない。そして、遊び人の伊佐吉は元浜町の銀師喜作の店に付け火をしようとして渡世人に斬られ、浜町堀に落ちて溺れ死んだ。

伊佐吉は、おそらく誰かに頼まれて久兵衛を殺し、喜作の家に火を放とうとした。

頼んだのは、本郷菊坂の銀師の東秀なのかもしれない。だが、もし東秀だとしても、伊佐吉に直に頼んだ筈はないのだ。

誰かを通じての依頼に決まっている。

間にいるのは何処の誰か……。

喜作始末に失敗した今、そいつはどうするのか……。

そして、渡世人とは誰なのか……。

半兵衛は、窓の外の銀屋『浜銀』を眺めた。

『浜銀』の脇の路地では、おふみと喜助が深刻な面持ちで何事かを話し合っていた。

どうした……。

半兵衛は気になった。

浜町堀沿いの道を宗兵衛が帰って来た。

おふみは気が付き、喜助と素早く別れて宗兵衛を迎えた。

喜助は路地の奥に去った。

宗兵衛とおふみは、何事か言葉を交わしながら店に入って行った。

宗兵衛は、室町の茶道具屋『千の家』の隠居の香庵に、銀の香炉作りに喜作は拘わらないと云いに行って来た筈だ。

話し合いは首尾良くいったのか……。

半兵衛は想いを巡らせた。

「旦那……」

音次郎が、二階の座敷に上がって来た。

「おう。何か分かったか……」

「はい。此の界隈を彷徨いている渡世人ですが、昔、勘当された浜銀の倅の喜平じゃあないかって噂があるんですよね」

音次郎は、困惑した面持ちで告げた。

「勘当された浜銀の倅の喜平……」

半兵衛は眉をひそめた。

「はい。もし渡世人が倅の喜平だったら、手前の実家に火を付けようとした伊佐吉を咎(とが)め、争いになって殺した……」

音次郎は読んだ。

「うん。そうかもしれないが、先(ま)ずは渡世人を喜平だと見定めない限りはな……」

「ええ……」

音次郎は頷いた。

「よし。音次郎はその辺を詳しく調べてみろ。私は宗兵衛に逢って、千の家の隠居との話し合いの首尾を訊いて来る」

半兵衛と音次郎は、甘味処の二階の座敷から下りた。

「さあ、どうぞ……」

宗兵衛は、店の座敷に半兵衛を招いた。

「うむ……」

半兵衛は座敷に座った。

「して、宗兵衛。千の家の隠居の香庵との話し合いの首尾は……」

「それが白縫さま。御隠居の香庵さま、喜作は銀の香炉作りから御辞退しますと申し上げましたら、東秀に遠慮しての事なら辞退は無用と笑いましてね。誰が選ばれるかは、未だ未だ此からだと……」

宗兵衛は、困惑した面持ちで吐息を洩らした。

「宗兵衛。隠居の香庵、三河町の久兵衛が殺された事についてはどう云っているのだ」

半兵衛は尋ねた。

「気の毒だとは仰っていましたが、此で銀の香炉が評判になり、いろいろ箔が付くと、腹の中では……」

宗兵衛は、言葉を濁した。

「香庵、隠居の割りには生臭い奴だな……」

半兵衛は苦笑した。

「はい。白縫さま、もしかしたら……」

宗兵衛は眉をひそめた。

「もしかしたら、隠居の香庵が殺しの絵図を描いているか……」

半兵衛は、宗兵衛の胸の内を読んだ。

「はい。新しく作る銀の香炉の評判を上げる為、銀師選びの絵図を描いたように……」

宗兵衛は、恐ろしそうに声を潜(ひそ)めた。

「さあて、銀師選びの絵図は分かるが、殺しの絵図はどうかな……」

半兵衛は首を捻った。

「そうですね。考え過ぎですね」

宗兵衛は苦笑した。

「う、うむ……」

半兵衛は頷いた。

しかし、宗兵衛の睨みもない事はない……。

茶道具屋『千の家』の隠居の香庵にも逢ってみる必要がある。

半兵衛は気が付いた。

「じゃあ、喜作の親方、香庵の銀の香炉作りから降りられなかったのか……」

半兵衛は眉をひそめた。

「ま、そう云う事になりますが、呉々(くれぐれ)もお引き受けは出来かねると伝えて来ましたので……」

「そうか……」

隠居の香庵は、未だ銀屋『浜銀』主の銀師喜作を選ぶかもしれない。

となると、喜作が命を狙われる可能性は未だあるのだ。

半兵衛は知った。

飲み屋では、仕事に溢(あぶ)れた日雇い人足や博奕打ち、浪人たちが安酒を飲んでいた。

口入屋『万屋』を出た二人の浪人は、昌平橋の袂近くにある飲み屋に入り、酒を飲み始めた。

着流しの若い男は、安酒を嘗(な)めるように飲みながら二人の浪人を窺った。

半次は、二人の浪人と着流しの若い男を見守った。

飲み屋の障子に夕陽が映えた。

浜町堀には船行燈(ふなあんどん)が揺れた。

浜町堀沿いに連なる店は、大戸や雨戸を閉めて店仕舞(みせじま)いをした。

音次郎は、北町奉行所に戻った半兵衛に代わって銀屋『浜銀』の見張りに就いていた。

銀屋『浜銀』には、喜作喜助父子と宗兵衛おふみ父娘が一緒に暮らしていた。

酔っ払いの笑い声がし、夜廻りをする木戸番の打つ拍子木の音が響いた。

刻は過ぎた。

浜町堀を行き交う船は途絶え、元浜町は寝静まった。

音次郎は、甘味処の二階の座敷を借り、居眠りをしながら銀屋『浜銀』を見張り続けていた。

銀屋『浜銀』の前に二人の浪人が現れた。

音次郎は気が付かず、居眠りをしていた。

二人の浪人は、辺りに人影がないのを見定めて雨戸の潜り戸を抉じ開けに掛かった。

野郎、押し込む気か……。

半次は、汐見橋の袂から二人の浪人と傍らにある用水桶の陰に潜む着流しの若い男を見張った。

着流しの若い男はどうする……。

半次は見守った。

浪人たちは潜り戸を抉じ開けた。

刹那、用水桶の陰に潜んでいた着流しの若い男が飛び出し、浪人の一人を蹴り倒した。

浪人は、驚きの声を短く上げて倒れた。

音次郎は、居眠りから目を覚まし、窓から銀屋『浜銀』を見た。

銀屋『浜銀』の前では、着流しの若い男が倒れた浪人に飛び掛かった。

音次郎は、慌てて窓から二階の屋根に出た。

着流しの若い男は、倒れた浪人の刀を奪い取った。そして、呆気に取られているもう一人の浪人に斬り掛かった。

二人の浪人は慌てた。

着流しの若い男は、喧嘩慣れしており、二人の浪人に果敢に斬り付けた。

二人の浪人は、仰け反って後退りした。

着流しの若い男は、身を低くして素早く動き廻り、斬り掛かった。

二人の浪人は身を翻し、汐見橋の西詰を北に逃げた。

着流しの若い男は追った。

半次は、汐見橋の袂から現れ、追い掛けようとした。

「親分……」

音次郎が、背後の家の屋根から飛び下りて来た。

「おう。音次郎、追うぞ」

「合点です」

半次と音次郎は、汐見橋を渡って追った。

二人の浪人は、浜町堀に架かる緑橋（みどりばし）の東詰を駆け抜けた。

着流しの若い男は、緑橋の西詰で立ち止まって見送った。

半次と音次郎は、路地の暗がりに潜んだ。

「親分……」

「浪人共の立ち廻り先は分かっている。着流しの若い男だ……」

半次は、着流しの若い男を窺った。

「何者なんですか……」

「ひょっとしたら、渡世人かもしれねえ」

半次は告げた。

「渡世人……」

音次郎は眉をひそめた。

着流しの若い男は、二人の浪人が逃げ去ったのを見届け、緑橋を東詰に渡った。そして、浜町堀沿いの道を南に戻り始めた。

半次と音次郎は、暗がり伝いに着流しの若い男を尾行(つけ)た。

着流しの若い男は、浜町堀沿いの道を進み、汐見橋から千鳥橋に戻り始めた。

銀屋『浜銀』では、喜助が怪訝な面持ちで抉じ開けられた雨戸の潜り戸を閉めていた。

着流しの若い男は、浜町堀越しに銀屋『浜銀』を一瞥(いちべつ)し、千鳥橋から栄橋(さかえばし)に進んだ。

半次と音次郎は、慎重に尾行た。

着流しの若い男は、栄橋の袂を東の久松町(ひさまつちょう)に曲がった。

「親分……」

「ああ……」

東に曲がった久松町の先には、小旗本や御家人の組屋敷の連なりがあった。

着流しの若い男は、御家人の組屋敷の木戸門を潜った。

半次と音次郎は見届け、息を吐いた。

「何様の屋敷ですかね……」

音次郎は眉をひそめた。

「そいつは明日だ……」

半次は、引き上げる事にした。


「二人の浪人が喜作の命を狙って浜銀に押し込もうとしたか……」

半兵衛は眉をひそめた。

「きっと……」

半次は頷いた。

「で、着流しの若い男が邪魔をし、追い払ったのか……」

「はい。腰を屈めて動き廻り、斬り掛かる。ありゃあ渡世人の喧嘩の遣り口です」

「渡世人か……」

半兵衛は読んだ。

「はい。浜銀の様子を窺いに来た二人の浪人を尾行廻して……」

「して、半次。二人の浪人は明神下の万屋って口入屋に行ったんだな」

半兵衛は、小さな笑みを浮かべた。

「はい……」

「で、着流しの若い男。渡世人は浜町堀は久松町の奥の組屋敷に入って行ったか……」

「はい。小普請組の木島弥五郎って御家人の屋敷でした……」

半次は、今朝早く組屋敷の主の名と人柄を調べていた。

「木島弥五郎、歳は幾つだ」

「二十五、六だそうです」

「喜作に勘当された倅の喜平と同じ年頃だな」

「ええ。で、若い頃は悪い仲間と連んで遊び歩いていたとか……」

半次は苦笑した。

「昔の遊び仲間か……」

半兵衛は頷いた。

「今、音次郎が木島屋敷を見張っています」

「よし。おそらく伊佐吉と二人の浪人を使っていたのは、口入屋万屋の主の重吉だろうが、背後にいるのは本郷の銀師の東秀か千の家の隠居の香庵だ」

半兵衛は頷いた。

「御隠居の香庵……」

半次は眉をひそめた。

「うむ。銀の香炉作りを世間の評判にし、いろいろ箔をつける為にな……」

「そんな……」

半次は困惑した。

「半次、金に執着する者は、儲(もう)ける為の手立ては選ばないようだ」

半兵衛は、腹立たし気に告げた。

音次郎は路地に潜み、斜向(はすむ)かいの木島屋敷を見張った。

老下男が現れ、木戸門前の掃除を始めた。

塗笠を被った着流しの武士が現れ、老下男に何事かを云って出掛けて行った。

老下男は見送った。

屋敷の主の木島弥五郎か……。

音次郎は見送った。


昌平橋近くの飲み屋は、昼間から賑わっていた。

半次は、店に入って二人の浪人を捜した。

二人の浪人は、店の隅で安酒を啜っていた。

半次は見定め、二人の浪人に近付いた。

「やあ……」

半次は、二人の浪人に笑い掛けた。

「何だ、手前……」

浪人の一人が凄んだ。

「昨夜、浜町堀に盗人が現れてな」

半次は、懐の十手を見せた。

「盗人……」

二人の浪人は、顔を見合わせた。

「ああ。浪人の形をした二人組でな。押し込む前に見付かって尻尾を巻いた間抜けな馬鹿、知らないかな……」

半次は、嘲りを浮かべて挑発した。

「間抜けな馬鹿だと……」

「ああ。良かったら、ちょいと面を貸してくれないか……」

半次は、二人の浪人に侮りと蔑みの一瞥を与えて飲み屋を出た。

「野郎……」

二人の浪人は、怒りと緊張を滲ませて半次に続いた。


昌平橋の下の船着場には、船は繋がれていなかった。

半次は、二人の浪人を船着場に誘った。

「昨夜の浜銀の押し込み、誰の指図だい……」

半次は笑い掛けた。

「手前……」

二人の浪人は、刀の柄を握って身構えた。

「万屋の重吉に幾らで雇われたんだ……」

半兵衛が、船着場の階段を下りて来た。

二人の浪人は、慌てて身構えた。

「お前たちが浜銀に押し込もうとしたのは分かっている。手間暇掛けず、此処で裁いて仕置をしてもいいんだぜ」

半兵衛は、二人の浪人を厳しく見据えた。

「そうだ、万屋の重吉だ。重吉に雇われての事だ」

二人の浪人は怯え、あっさりと認めた。

「そいつは、伊佐吉が死んだからか……」

「ああ、伊佐吉の野郎が浜銀の付け火に失敗して殺され、代わりに雇われたのだ」

二人の浪人は吐いた。

「そうか。やはり睨み通りか……」

半兵衛は笑った。

四

明神下の口入屋『万屋』は、朝の忙しい時も過ぎてひっそりとしていた。

半兵衛は、半次を伴って口入屋『万屋』を訪れた。

「邪魔するよ……」

半次は、誰もいない店に声を掛けて帳場に進んだ。

半兵衛は続いた。

半次は、帳場の前で立ち止まり、緊張した面持ちで辺りを窺った。

「半次……」

後から来た半兵衛が眉をひそめた。

「血の臭いがします……」

「うん……」

半兵衛は頷いた。

半次は、帳場の奥を覗いた。

帳場の奥には、羽織を着た肥った男が握り締めた匕首を己の腹に突き刺し、俯せに倒れて死んでいた。

「旦那……」

半次と半兵衛は、羽織を着た肥った男の死に顔を検めた。

「万屋の主の重吉です」

半次は見定めた。

「間違いないか……」

半兵衛は念を押した。

「はい……」

半次は頷いた。

「誰かと争い、己の腹に刺したかな……」

口入屋『万屋』の重吉は、何者かに銀師の久兵衛や喜作の始末を頼まれ、伊佐吉と二人の浪人を金で雇った。

重吉がいなくなれば、銀師の久兵衛や喜作の始末を頼んだ者との繋がりは切れ、その正体は分からなくなる。

「先手を打たれたのかな……」

半兵衛は、悔しさを過ぎらせながら重吉の死体を検めた。

死体は未だ硬くなり切っておらず、腹から流れた血も乾いていなかった。

「殺されたのは半刻（一時間）以内だな……」

半兵衛は読んだ。

「じゃあ、その頃に出入りした者を見なかったか、ちょいと訊き込んで来ます」

半次は、『万屋』から出て行った。

半兵衛は、帳場にある依頼帳簿を検めた。

依頼主の帳簿には、職種と屋号、仕事の種類と雇いたい人数と給金が書き込まれていた。

半兵衛は、依頼主の中に銀師の東秀と茶道具屋『千の家』の香庵の名を探した。

だが、依頼主の帳簿に東秀や香庵の名はなかった。

秘密の符丁(ふちょう)を使っているのか、それとも一切を書き残さないで事を進めているのかだ。

何れにしろ、『万屋』重吉と背後に潜む者との繋がりは切れた。

「旦那……」

半次が戻って来た。

「何か分かったか……」

「はい。四半刻（三十分）程前に塗笠を被った着流しの侍が来ていたそうです」

半次は告げた。

「塗笠を被った着流しの侍か……」

「はい。ま、仕事を探しに来ただけなのかもしれませんが……」

半次は眉をひそめた。

「よし。半次は本郷菊坂の銀師東秀の家に行って様子を窺ってくれ。私は室町の千の家の隠居の香庵に逢ってみる」

半兵衛は、それぞれの遣る事を決めた。

日本橋（にほんばし）の通りには多くの人が行き交い、賑わっていた。

日本橋室町の茶道具屋『千の家』は、表に大名家御用達（ごようたし）の金看板（きんかんばん）を何枚も掲（かか）げた大店だった。

「邪魔をするよ」

半兵衛は、『千の家』の暖簾を潜った。

「いらっしゃいませ……」

手代が素早く近寄って来た。

「やあ。隠居の香庵はいるかな……」

半兵衛は尋ねた。

「御隠居さまにございますか……」

番頭は、帳場から框に進み出て来た。

「うむ。私は北町奉行所の白縫半兵衛。隠居がいるなら逢えるかな」

半兵衛は笑い掛けた。

「は、はい。少々、お待ちください」

番頭は、奥に入って行った。

半兵衛は、框に腰掛けて店内を見廻した。

店内には、高値の茶道具が並べられていた。

「ほう……」

半兵衛は、手代の持って来た茶を啜りながら眺めた。

「どうぞ……」

番頭は、半兵衛を奥座敷に誘った。

奥座敷には、小さな白髪髷の年寄りがいた。

「北町奉行所の白縫半兵衛さまにございますか……」

小さな白髪髷の年寄りは微笑んだ。

「うむ。千の家の隠居の香庵だね」

半兵衛は、小さな白髪髷の年寄りを隠居の香庵だと読んだ。

「左様にございます。して、手前に御用とは何でしょうか……」

「うむ。それなのだが、お前さん、百両もする銀の香炉を作ると云って江戸で名高い銀師を選んでいると聞くが、もう誰に作らせるか決めたのかな……」

「そいつは未だ……」

香庵は、小さな笑みを浮かべた。

「香庵、お前さんのその企ての為に三河町の銀師の久兵衛が殺され、浜町堀の喜作が狙われ、伊佐吉と申す遊び人が死んだ」

「それはそれは、お気の毒に……」

香庵は苦笑した。

「好い加減にするんだな、そんな企ては……」

「お言葉ではございますが、白縫さま。手前共は金儲けを生業(なりわい)にする商人にございます」

「だからと申して何をしても良い事にはならぬ……」

「白縫さま……」

「香庵、お前の腹の内は良く分かった。口入屋の万屋重吉が殺された今、次に何が起こるか分からぬが、その時は手遅れになるかもしれぬ。邪魔をしたな」

半兵衛は、冷笑を浮かべて座を立った。


本郷菊坂の銀師東秀の家からは、弟子たちが鍛金や彫金の仕事をする音がしていた。

半次は、東秀の家の周囲を一廻りした。

塗笠を被った着流しの侍や不審な者はいなかった。

半次は見定めた。

もし、東秀が口入屋『万屋』重吉に久兵衛や喜作の始末を頼んだのなら、塗笠に着流しの侍が現れるかもしれない。

半次は、見張りに就いた。


日本橋の通りは賑わっていた。

半兵衛は、物陰から茶道具屋『千の家』を見張った。

隠居の香庵が、手代を従えて茶道具屋『千の家』から出て来た。

出掛ける……。

半兵衛は、物陰を出て香庵を追い掛けようとした。

塗笠を被った着流しの侍が現れ、香庵と手代に続いた。

塗笠に着流しの侍……。

半兵衛は気が付いた。

口入屋『万屋』重吉を殺した奴か……。

塗笠を被った着流しの侍は、香庵と手代を尾行て行く。

何をする気だ……。

半兵衛は、香庵を追う塗笠を被った着流しの侍に続いた。


茶道具屋『千の家』の隠居の香庵は、手代を従えて神田八ツ小路に出た。そして、神田川に架かっている昌平橋に向かった。

塗笠を被った着流しの侍は、香庵を追った。

半兵衛は続いた。

香庵と手代は、昌平橋を渡って明神下の通りに進んだ。そして、湯島の通りに曲がった。

湯島の通りは本郷の通りに続き、銀師の東秀の家に行く事が出来る。

行き先は東秀の処……。

半兵衛は睨んだ。

塗笠を被った着流しの侍は、香庵と手代を追った。

何者なのか……。

半兵衛は、先を行く塗笠を被った着流しの侍を見詰めた。

その後ろ姿は、僅かに前のめりで一定の足取りを保っていた。

歩き慣れている……。

半兵衛は睨んだ。だが、何故か微かな違和感を覚えた。

歩き慣れているということは、旅慣れた者なのか……。

半兵衛は、想いを巡らせた。

渡世人……。

もし、三度笠に縞の合羽の渡世人なら浜町堀は久松町の御家人の屋敷に隠れており、音次郎が見張っている筈だ。

ひょっとしたら、渡世人は塗笠に着流しの侍姿で音次郎の眼を晦まし、口入屋『万屋』の重吉を襲った。

もしそうなら、渡世人は口入屋『万屋』の重吉を殺す前に、依頼主が誰か訊き出しているかもしれない。そして今、渡世人は依頼主の命を狙っているのか……。

半兵衛は読んだ。

香庵は、手代を従えて湯島の通りから本郷の通りに進んだ。

塗笠を被った着流しの侍は追い、半兵衛は続いた。

本郷菊坂町に行くには、本郷の通りから北ノ天神門前町を抜け、御弓町から明地の脇を進めば良い。

香庵は、手代を従えて北ノ天神門前町に入り、御弓町に進んだ。

塗笠を被った着流しの侍は追った。

香庵の行き先は、銀師の東秀の家だ。

半兵衛は見定めた。

明地が近付き、行き交う人は少なくなった。

動くか……。

半兵衛は睨んだ。

塗笠を被った着流しの侍は、足取りを速めた。

睨み通りだ。

半兵衛は、足取りを速めた。

茶道具屋『千の家』の隠居の香庵は、手代を従えて明地脇の道を菊坂町の銀師の東秀の家に向かった。

背後に人が駆け寄って来る足音が聞こえ、香庵は怪訝な面持ちで振り返った。

「あっ……」

手代が、背後から塗笠を被った着流しの侍に突き飛ばされて倒れた。

塗笠を被った着流しの侍は、手代を突き飛ばした勢いで香庵に迫った。

香庵は、驚きながらも咄嗟に逃げた。

「待て、香庵……」

塗笠を被った着流しの侍は、香庵に追い縋った。

香庵は、明地に逃げ込んだ。

塗笠を被った着流しの侍は、香庵を追って明地に駆け込んだ。

香庵は、雑草に足を取られて倒れた。

塗笠を被った着流しの侍は、香庵に追い縋って刀を抜いた。

「な、何をする。人殺し……」

香庵は恐怖に声を震わせ、倒れたまま後退りをした。

「香庵、口入屋の重吉が何もかも吐いたぜ」

塗笠を被った着流しの侍は、香庵に刀を突き付けた。

「じゅ、重吉が……」

「ああ。お前が東秀を使って久兵衛を呼び出し、その帰りを重吉の雇った伊佐吉に襲わせた。そして、云う事を聞かない喜作の家に付け火や押し込みをさせ、殺そうとした。重吉が教えてくれたぜ」

塗笠を被った着流しの侍は、嘲笑った。

「知らぬ、儂は何も知らぬ……」

香庵は、嗄れ声を震わせた。

「惚けるな。往生際が悪いぜ。香庵……」

塗笠を被った着流しの侍は、刀を構えた。

「頼む。金ならやる。金なら幾らでもやるから命だけは助けてくれ……」

香庵は、必死に命乞いをした。

「煩せえ……」

塗笠を被った着流しの侍は、香庵の頭上に刀を振り翳した。

「そこ迄だ……」

塗笠を被った着流しの侍は怯んだ。

半兵衛が現れた。

塗笠を被った着流しの侍は、半兵衛に慌てて刀を構え直した。

「喜平、もう止めるんだな」

半兵衛は笑い掛けた。

塗笠を被った着流しの侍は怯み、激しく狼狽えた。

香庵は、転がるように逃げた。

「香庵……」

塗笠を被った着流しの侍は、香庵に追い縋って斬り掛かろうとした。

刹那、半兵衛は鋭く踏み込み、抜き打ちの一刀を放った。

閃（ひらめ）きが瞬（また）いた。

甲高（かんだか）い音を鳴らして刀が落ち、塗笠が斬り飛ばされた。

塗笠の下から渡世人の喜平の顔が現れた。

「やはり、勘当された喜平だな……」

半兵衛は、喜平を見据えた。

喜平は怯んだ。

香庵は、這（は）い蹲（つくば）って逃げた。

「浜銀に付け火をしようとした伊佐吉を見付け、争いになって長脇差で斬った……」

半兵衛は読んだ。

「ああ。そして、浜町堀に落ちてくたばりやがった」

喜平は、覚悟を決めた。

「で、次は押し込もうとした二人の浪人を追い払い、口入屋万屋の重吉に雇われた奴らだと突き止め、今朝方、締め上げて何もかも吐かせたか……」

「ああ。重吉の野郎、何もかも千の家の隠居の香庵に頼まれた事だと……」

「で、殺したか……」

「ああ、匕首で突き掛かって来たので、腕を捻り上げて押し倒した。そうしたら、手前の匕首を腹に刺して……」

喜平は、吐息混じりに告げた。

「喜平、今の話に相違ないか……」

半兵衛は、握り締めた匕首を己の腹に突き刺して死んでいた重吉を思い出した。

「ああ……」

喜平は頷いた。

「よし、分かった。じゃあ、喜平。銀師の東秀の家に行くよ」

半兵衛は笑い掛けた。

「えっ……」

喜平は戸惑った。

「此の馬鹿げた猿芝居の始末を付けにな」

半兵衛は笑った。

半次は、銀師東秀の家を見張り続けていた。

茶道具屋『千の家』の隠居の香庵が、血相を変えて駆け寄って来た。
香庵……。
半次は戸惑った。
香庵は、東秀の家に駆け込んで行った。
どうした……。
半次は、怪訝な面持ちで見送った。
刻が僅かに過ぎた。
東秀と香庵が家から出て来た。
出掛けるのか……。
半次は、追い掛けようとした。
東秀と香庵が立ち止まり、後退りした。
半兵衛と着流しの若い男が、行く手に現れた。
香庵は、身を翻して逃げようとした。
半次は、立ち塞がった。
香庵は立ち竦んだ。
「香庵、東秀、何処に行くのだ……」

半兵衛は、香庵と東秀に笑い掛けた。

「し、白縫さま……」

香庵と東秀は、緊張に震えた。

「香庵、新しく作る銀の香炉を面白くし、評判を上げて高値で売り捌(さば)く為、曰(いわ)く因縁(いんねん)や箔を付けようと、銀師の東秀や口入屋の万屋重吉に命じ、伊佐吉や浪人たちを使って三河町の銀師の久兵衛を殺し、浜町堀の喜作を襲わせた。そうだな、東秀……」

半兵衛は、東秀にいきなり尋ねた。

「は、はい……」

東秀は思わず頷いた。

「東秀……」

香庵は狼狽えた。

東秀は、へたり込んで項垂(うなだ)れた。

「東秀、何故、香庵の猿芝居に乗ったんだい」

「銀の香炉作りを盛り上げて、最後はあっしを銀の香炉を作る銀師に選ぶと云われて……」

東秀は項垂れた。

香庵は逃げた。

半次が素早く抑えた。

香庵は踠いた。

「香庵、これ以上、年甲斐のない真似をするんじゃあない」

半兵衛は一喝した。

百両の銀の香炉作りの猿芝居は終わった。

半兵衛は、久兵衛殺しを企てたとして茶道具屋『千の家』隠居の香庵と銀師の東秀をお縄にした。

吟味方与力の大久保忠左衛門は、香庵と東秀を死罪に処し、茶道具屋『千の家』を闕所にした。

半兵衛は、伊佐吉を溺死、重吉は争った挙句の自死とし、渡世人の喜平を放免した。

「白縫さま……」

「その代わり、浜銀の者たちとは逢わずに江戸から立ち去るんだな」

「はい。所詮、あっしは流れ者。そうさせて頂いた方がありがたい……」

喜平は半兵衛に感謝し、三度笠を被って縞の合羽に身を包み、江戸から立ち去った。


銀屋『浜銀』の喜助とおふみが、半兵衛を訪ねて来た。

「何だい……」

「あのう。浜町堀界隈を彷徨いていた渡世人ですが、ひょっとしたら兄の喜平じゃありませんか……」

喜助とおふみは、半兵衛の返事を待った。

「さあて、そいつは違う。あの渡世人は只の流れ者だよ……」

半兵衛は知らぬ顔をした。

「そうですか……」

喜助とおふみは、肩を落として帰って行った。

世の中には、町奉行所の者が知らぬ顔をした方が良い事がある……。

半兵衛は微笑んだ。

第四話　走野老(はしりどころ)

一

神田八ツ小路は神田川に架かっている昌平橋の南の内側を云い、昌平橋、淡路(あわじ)坂(ざか)、駿河台、三河町筋、連雀町、須田町(すだちょう)、柳原、筋違(すじかい)御門への八つの道筋がある。

神田八ツ小路は多くの人が行き交い、賑(にぎ)わっていた。

不意に悲鳴と怒号(どごう)が上がり、行き交う人々が二つに割れた。

二つに割れた人々の間から、一人の侍が抜き身を振り廻し、喚(わめ)きながら猛然と走って来た。

侍は眼を血走らせ、髷(まげ)を乱し、着物の前を大きく開け、裸足(はだし)で昌平橋に向かって走った。

振り廻される抜き身は煌(きら)めいた。

それは、誰かを狙っての事ではなく、只々刀を振り廻して走っているだけだった。

血迷った乱心者……。

人々は悲鳴や怒号を上げて逃げ惑った。

侍は訳の分からない事を喚き、刀を振り廻して猛然と走った。

その後には、斬られたり、突き飛ばされて怪我をした者たちが蹲った。

役人たちが刺股、袖搦、突棒、戸板などを持って駆け付け、走りながら抜き身を振り廻す侍を取り囲み、昌平橋の袂に追い詰めた。

侍は刀を振り廻し、奇声を上げて暴れた。

役人たちは、刺股、袖搦、戸板などで侍を押さえ付け、突棒や寄棒で容赦なく滅多打ちにした。

侍は倒れ、転がり、血と土に汚れて喚き廻り、神田川に飛び込んだ。

水飛沫が煌めいた。

役人たちが神田川を覗き込んだ。

流れに侍が浮かんだ。

侍は、振り廻していた刀で己の腹を突き刺し、血を流して死んでいた。

「して、その乱心者は死んだのか……」

半兵衛は眉をひそめた。

「ええ。手前で手前の腹を突き刺して一件落着ですよ」

定町廻り同心の風間鉄之助は笑った。

「斬られた者たちは……」

「揃って浅手ですよ。斬ると云うより、刀を振り廻していただけですからね」

「そいつは何よりだ。処で乱心者は何処の誰だったんだい……」

半兵衛は尋ねた。

「そいつが、駿河台の旗本、三枝泰之進さんの弟の平馬って野郎でしたよ」

「三枝平馬か……」

「ええ……」

「で、三枝平馬、いつから乱心していたんだ」

「そいつが、家の者の話じゃあ、今日、暴れる迄、乱心している様子はなかったそうですよ……」

「乱心している様子はなかった……」

半兵衛は戸惑いを浮かべた。

「ええ。急な乱心って奴ですか……」

風間は、茶を淹れに立った。

「急な乱心……」

半兵衛は、思わず訊き返した。

「ええ……」

風間は、囲炉裏端で茶を淹れながら頷いた。

急な乱心など聞いた事がない。

相変わらず暢気な奴だ……。

半兵衛は苦笑した。


神田八ツ小路には人々が行き交っていた。

そこには、既に乱心者騒ぎの痕跡はなかった。

半兵衛は、八ツ小路の一つである駿河台筋の入口に佇み、行き交う人々の向こうに見える昌平橋を眺めた。

三枝平馬は、此処から何事かを喚き散らし、抜き身を振り廻して昌平橋迄駆け抜けた。

血迷い、乱心して……。

半兵衛は眺めた。

「旦那……」

半次と音次郎が、駿河台筋の旗本屋敷街からやって来た。

「おお、御苦労さん。何か分かったか……」

「はい。三枝屋敷の付近の旗本家の中間小者に訊いたんですがね。三枝平馬、兄上の泰之進さまが家督を継いだ時からの部屋住みでして、結構な遊び人だったそうですよ」

半次は、聞き込んで来た事を報せた。

「結構な遊び人ねえ……」

「ええ……」

「して、以前から血迷ったり、乱心していた様子はなかったのか……」

「はい。ま、酔ったり喧嘩をしたり、いろいろあったそうですが、血迷ったり乱心している様子はなかったと、皆、口を揃えて云っていますよ」

「そうか……」

「急に血迷ったり、乱心するなんて、あるんですかね……」

音次郎は、首を捻った。

「さあて、そいつはどうかな……」

半兵衛は苦笑した。

夕暮れ時が近付き、神田八ツ小路を行き交う人々は足取りを速め始めていた。

湯島天神門前町の飲み屋街は、酔客の笑い声と酌婦の嬌声に満ちていた。

不意に女の悲鳴が上がり、通りの奥から派手な半纏を着た男が猛然と走って来た。

派手な半纏を着た男は、眼を血走らせて何事か喚き、辺りの酔客や酌婦を突き飛ばして走った。

突き飛ばされた者は悲鳴を上げて倒れ、居合わせた者は慌てて逃げた。

派手な半纏を着た男は、錯乱状態で飲み屋街を走った。

「おのれ、下郎……」

二人の侍が、喚きながら走り寄る派手な半纏を着た男に抜き打ちの一刀を浴びせた。

派手な半纏を着た男は、斬られた腹から血を飛ばして転がるように倒れ込んだ。

朝の北町奉行所には、多くの者が出入りしていた。

半兵衛は、半次と音次郎を表門の腰掛(こしかけ)に待たせ、同心詰所に顔を見せに行った。

「あっ、半兵衛さん……」

当番同心は、半兵衛を見て安堵(あんど)を浮かべて声を掛けた。

「やあ。じゃあ、見廻りに行って来るよ」

半兵衛は、そそくさと出掛けようとした。

「大久保さまがお待ちかねですよ」

当番同心は慌てて告げた。

遅かったか……。

半兵衛は、吟味方与力の大久保忠左衛門に呼ばれる前に見廻りに行くつもりだったが、敢(あ)え無(な)く頓挫(とんざ)した。

又、面倒な事を命じられる……。

「どうだ。私はいつの間にか出仕(しゅっし)して、いつの間にか見廻りに行った事にならないかな」

半兵衛は、当番同心に笑い掛けた。

「なりません……」

当番同心は、半兵衛の頼みを蹴った。

「ならぬか……」

「なりません。そんな真似をすれば、手前の落ち度になり、大久保さまからどんなお叱りを受けるか。お願いです、半兵衛さん。早く大久保さまの処に行って下さい」

当番同心は、半兵衛に手を合わせた。

「分かったよ……」

半兵衛は苦笑した。

「お呼びでしょうか……」

半兵衛は、大久保忠左衛門の用部屋を訪れた。

「おお、来たか、半兵衛。ま、入ってくれ」

吟味方与力の大久保忠左衛門は、読んでいた書類を置き、振り返って筋張った細い首を伸ばした。

「はい……」

半兵衛は、用部屋に入って忠左衛門と向かい合った。

「半兵衛、昨日、神田八ツ小路で旗本の部屋住みが乱心して刀を振り廻した挙句、神田川に落ちて己の刀で腹を刺して死んだのは知っているな」

忠左衛門は、筋張った細い首を伸ばした。

「はい……」

半兵衛は頷いた。

「で、昨夜、湯島天神の盛り場で博奕打ちがやはり乱心してな……」

「昨夜、博奕打ちが……」

「ああ。で、辺りの者を突き飛ばして走り廻り、行き合わせた武士に斬り棄てられた」

「走り廻って斬り棄てられた……」

半兵衛は眉をひそめた。

「うむ。そこでだ、半兵衛……」

忠左衛門は、細い首の喉仏（のどぼとけ）を動かした。

「はい……」

「旗本の部屋住みと博奕打ち、乱心して同じように走り廻ったのをどうみる」

忠左衛門は、半兵衛を見据えた。

「さあて、もし同じように乱心したなら、何か薬でも飲んだのか……」

半兵衛は首を捻った。

「うむ。やはり、そう思うか……」

忠左衛門は頷いた。

「かもしれないと云う事です」

「ならば、調べてみてくれ」

「えっ……」

半兵衛は戸惑った。

「此の一件、どうも只の乱心騒ぎとは思えぬ」

忠左衛門は、筋張った細い首を捻った。

「流石（さすが）は大久保さま。分かりました。直（す）ぐに探索を始めてみましょう」

半兵衛は、思わぬ成り行きに苦笑した。

「昨夜、湯島天神の盛り場で博奕打ちが乱心して走り廻り、行き合わせた侍に斬られたんですか……」

半次は眉をひそめた。

「うん。それでだ、半次。音次郎と湯島天神に行き、乱心して斬り棄てられた博奕打ちを調べてみてくれ。私はちょいと養生所の小川良哲先生に逢って来る」

半兵衛は、半次と音次郎を湯島天神に行かせ、小石川養生所に向かった。


湯島天神門前町の盛り場は、遅い朝を迎えていた。

半次と音次郎は、門前町の木戸番に誘われて飲み屋街の出入口に立った。

「此処ですよ……」

木戸番は、両側に小さな飲み屋が軒を連ねている狭い道を示した。

「博奕打ちの猪助、奥の居酒屋で仲間と酒を飲んでいたそうなんですが、いきなり暴れ出し、一緒に飲んでいた仲間や傍にいた客を殴ったり蹴ったりして店を飛び出し、血迷ったように喚きながら走り出したとか……」

木戸番は眉をひそめた。

「で、その博奕打ちの猪助、此の辺りで二人の侍に斬られたんだね」

半次は、辺りを見廻した。

辺りには土が撒かれ、血の痕跡は既に消されていた。

「ええ。もう大騒ぎでしたよ」

木戸番は眉を歪めた。

「だろうね……」

半次は頷いた。

「未だ微かに血の臭いがしますね」

音次郎は、鼻を鳴らした。

「うん。じゃあ、乱心した博奕打ちが酒を飲んでいた居酒屋に案内して貰おうか」

「……」

半次は、木戸番に頼んだ。


小石川養生所には、多くの患者が出入りしていた。

半兵衛は、養生所肝煎で本道医の小川良哲に面会を求めた。

良哲は、手の空いた処で半兵衛に逢った。

「やあ。暫くですね、半兵衛さん……」

「ええ。お変わりありませんか……」

「お蔭さまで。して、御用とは。どうぞ……」

良哲は、茶を淹れて半兵衛に差し出した。

「忝い。それなんですが、良哲先生。いきなり人を血迷わせたり、乱心させたりする薬ってのはあるんですかね」

半兵衛は尋ねた。

「いきなり人を血迷わせたり、乱心させたりする薬ですか……」

良哲は、怪訝な面持ちで訊き返した。

「ええ……」

「そんな薬、訊いた事がありませんよ」

「蘭方でもですか……」

「ええ。ない事もないのでしょうが、私の知っている限りでは……」

良哲は、眉を曇らせた。

「ありませんか……」

「ええ。で、半兵衛さん。血迷う、乱心ってどんな風にですか……」

良哲は訊いた。

「そいつが直に見た訳じゃありませんが、眼を血走らせ、何事かを喚き、滅茶苦茶に走り廻るとか……」

半兵衛は告げた。

「眼を血走らせて走り廻る……」

良哲は眉をひそめた。

「ええ……」

「そいつは、ひょっとしたら走野老の所為かもしれません」

良哲は告げた。

「走野老……」

半兵衛は訊き返した。

「ええ。山の中の陰地に自生している毒草でしてね。食べると錯乱状態になって走り出したりするとか……」

良哲は、走野老の説明をした。

「そんな毒草があるのですか……」

「ええ。血迷ったり乱心した者は、走野老を知らずに食べたか、食べさせられたのかもしれませんね」

良哲は読んだ。

「走野老ですか……」

半兵衛は、毒草の走野老の存在を知った。

旗本の部屋住みの三枝平馬と博奕打ちの猪助は、何者かに毒草の走野老を食べさせられたのかもしれない。

もし、そうだとしたら、誰が何故に……。

半兵衛は、乱心者騒ぎには、何か裏があると読んだ。


半次と音次郎は、博奕打ちの猪助を調べた。

猪助は、湯島天神門前町の居酒屋『お多福』で博奕打ち仲間と酒を飲んでいた。

「それで、いきなり暴れ出したので、もう驚きましたよ」

居酒屋『お多福』の大年増の女将は、厚化粧の顔を歪めた。

「一緒に飲んでいた博奕打ちの仲間は、その時、どうしたのかな」

「慌てて止めようとしましたが、殴られたり蹴飛ばされたりしていましたよ」

大年増の女将は笑った。

「仲間もねえ……」

「ええ。三枝の旦那も乱心したって云うし、今迄に泣かして来た人の祟りか、やって来た事の罰があたったんですよ」

「三枝の旦那って、やっぱり昨日、乱心の挙句に死んだ旗本の三枝平馬さんの事かい……」

半次は訊いた。

「ええ。そうですよ……」

大年増は頷いた。

「親分……」

音次郎は緊張した。

「うん……」

「女将さん、猪助と三枝平馬さん、知り合いだったんですか……」

音次郎は尋ねた。

「ええ。良く一緒に来ていましたよ」

「女将さん、三枝平馬さんと猪助、連んで何をしていたのかな……」

「強請に集り、いろいろやっていたんでしょうが、どうせ陸でもない事をしていたんですよ」

大年増の女将は、嘲りを浮かべた。

「女将さん、昨夜、猪助が一緒に飲んでいた奴ら、何処の誰かな……」

半次は尋ねた。


「走野老ですか……」

薬種屋の番頭は眉をひそめた。

「うむ。置いてあるかな……」

半兵衛は尋ねた。

「いいえ……」

番頭は、首を横に振った。

「そうか。やはり、置いてないか……」

半兵衛は、小石川から此処に来る迄にあった何軒かの薬種屋に立ち寄った。だが、何処の薬種屋でも走野老は売っていなかった。

「お役人さま、走野老は毒、置いている薬種屋は滅多にありませんよ」

番頭は告げた。

「滅多にないか……」

走野老を売っている薬種屋は滅多にないとなれば、自生しているのを採って来て自分で作ったのかもしれない。

三枝平馬と猪助は、そいつに走野老を盛られたのか……。

もしそうだとしたら、そいつは何者で、何故にだ……。

半兵衛は、薬種屋を後にした。

二

囲炉裏の火は燃え、掛けられた鉄瓶（てつびん）からは湯気が揺れ始めた。

半兵衛、半次、音次郎は、晩飯を食べながら酒を飲んでいた。

「そうか。乱心した三枝平馬と猪助は知り合いだったのか……」

半兵衛は知った。

「はい。で、三枝平馬と猪助の仲間を何人か突き止めましてね。明日からそいつらに当たり、何をしていたか調べてみます」

半次は、半兵衛に酌をした。

「うむ。して、養生所の小川良哲先生に人を血迷わせ、乱心させる毒があるかどうか訊いたのだが……」

「ありましたか……」

「うん。走野老と云う毒草があったよ」

半兵衛は酒を飲んだ。

「走野老ですか……」

半次と音次郎は、戸惑いを浮かべた。

「うん。走野老ってのは……」

半兵衛は、走野老がどのような毒草か半次と音次郎に教えた。

「人を血迷わせ、暴れさせる毒草ですか……」

半次は驚いた。

「じゃあ、その走野老を薬種屋から買った者が……」

音次郎は勢い込んだ。

「そいつが、音次郎。走野老を売っている薬種屋は滅多にないそうだ」

半兵衛は教えた。

「えっ。そうなんですか……」

音次郎は、出端を挫かれた。

「うん。私の見立てでは、薬草に詳しい者が自分で作り、何らかの手立てで三枝平馬と猪助に飲ませた……」

半兵衛は読んだ。

「じゃあ、三枝平馬と猪助の仲間に薬草に詳しい者がいるかどうか、調べてみますか……」

半次は頷いた。

「うん……」

半兵衛は、半次と己の猪口に酒を満たした。

囲炉裏に掛けられた鉄瓶は、蓋を小刻みに鳴らし始めた。

博奕打ちの千造と浪人の岩城伝八郎……。

その二人が乱心した猪助の仲間であり、三枝平馬と連んでいたと思われる者たちだった。

半兵衛は、半次と音次郎を従えて博奕打ちの千造の許に急いだ。

博奕打ちの千造は、日本橋川と東堀留川の合流地に架かっている思案橋を渡った小網町二丁目の梅の木長屋に塒があった。

梅の木長屋は、木戸に紅梅の古木のある古い長屋だった。

半兵衛は、半次と音次郎を従えて梅の木長屋の木戸を潜り、奥の家に向かった。

音次郎は、奥の家の腰高障子を叩いて声を掛けた。

「千造さん、いるかい。千造さん……」

「おう。誰だい……」

家の中から、男の寝惚けた声がした。

音次郎は、腰高障子を引いた。

腰高障子には、心張棒が掛けられてなく開いた。

半次と音次郎は、家の中に素早く踏み込んだ。

痩せた男が、薄汚れた蒲団の中から跳ね起きた。

半次と音次郎は、痩せた男を素早く押さえた。

「な、何だ、手前ら……」

瘦せた男は、声を震わせた。

「博奕打ちの千造だな……」

半次は、懐の十手を見せた。

「あ、ええ……」

瘦せた男、千造は頷いた。

「血迷った猪助について教えて貰おうか……」

半兵衛が入って来た。

「えっ。猪助……」

千造は戸惑った。

「千造、お前、猪助や旗本の部屋住みの三枝平馬と連んでいたんだろう」

半次は、千造を見据えた。

「ええ……」

「だったら、猪助や三枝平馬が何をしていたか知っているね」

半兵衛は笑い掛けた。

「は、はい……」

千造は頷いた。

「猪助と三枝平馬、何をしていたんだ……」

「そいつが、何処かの金貸しの手伝いをしていたようです」

「金貸しの手伝い……」

半兵衛は眉をひそめた。

「はい……」

「金貸し、何処の誰だ……」

半次は尋ねた。

「そいつが分からないんですぜ」

「分からないだと……」

半次は、十手の先を千造の膝に立てた。

「本当です。惚けちゃあいません。猪助と三枝の旦那が手伝っている金貸しは、頭巾を被った十徳姿の年寄りです」

千造は慌てて告げた。

「頭巾を被った十徳姿の年寄り。旦那……」

「うむ。して、名前は……」

半兵衛は尋ねた。

「そいつが、猪助と三枝の旦那は勿論知っていた筈ですが、固く口止めされていて名前や素性の一切を云いませんでしてね。得体の知れない年寄りなんですよ」

千造は教えた。

「得体の知れない年寄りか……」

「旦那……」

半次は眉をひそめた。

「うん。得体の知れぬ年寄り、名や素性を隠して金貸しをしているようだな」

半兵衛は苦笑した。

「ええ……」

半次は頷いた。

「して、千造。その金貸し、何処に行けば逢えるのだ……」

「さあ、それも……」

千造は首を捻った。

「知らないか……」

「はい……」

「じゃあ、浪人の岩城伝八郎はどうかな」

「さあ、あっしは知りませんが、岩城の旦那なら三枝の旦那に何か聞いているかもしれません……」

千造は頷いた。

「旦那……」

「うむ……」

半兵衛は、浪人の岩城伝八郎の許に行く事にした。

不忍池は陽差しに煌めいていた。

半兵衛は、半次や音次郎と共に不忍池の西、茅町二丁目にある一膳飯屋の家作に住む岩城伝八郎の許に急いだ。

「ああ。岩城さんなら裏の家に住んでいるけど、昨日、出掛けたまま帰っていないと思いますよ」

一膳飯屋の親父は、仕込みの手を止めた。

「昨日から帰っていない……」

半次は、半兵衛を一瞥した。

「岩城、一人で出掛けたのか、それとも誰か迎えに来たのかな……」

「さあ。あっしは此処にいましたもんで……」

親父は、申し訳なさそうに告げた。

「そうか。して、そいつはいつ頃だったかな」

「さあて、いつ頃でしたか。昼飯の客が落ち着き、托鉢坊主の経が聞こえていたから、未の刻八つ（午後二時）過ぎですかね」

親父は告げた。

「そうか、昼過ぎか……」

半兵衛は頷いた。

「はい……」

親父は頷いた。

「じゃあ、ちょいと裏の家作を見せて貰いますよ……」

半次は、一膳飯屋の親父に告げた。

一膳飯屋の家作は、納屋を改築したもので土間と板の間だけで狭かった。

半兵衛、半次、音次郎は、薄暗くて狭い家の中を見廻した。

粗末な蒲団、小さな火鉢、着替えの入った行李、鍋や鉄瓶など。日々の暮らしに必要な道具……。

「別に変わった様子や物はありませんね」

　半次は、狭い家の中を見廻した。

「うん。岩城伝八郎、意外と綺麗好きなのかもしれないな……」

　半兵衛は苦笑した。

「はい。旦那、あっしと音次郎が岩城伝八郎さんが帰るのを待ってみますよ」

　半次は告げた。

「そうか。じゃあ、私はもう少し走野老を追ってみるよ」

　半兵衛は決めた。


　下谷広小路は賑わっていた。

　半兵衛は、上野元黒門町の薬種問屋『萬宝堂』を訪れた。

「走野老ですか……」

　老番頭は眉をひそめた。

「うむ。売っているかな……」

　半兵衛は尋ねた。

「はい。売ってはおりますが……」

「売っているか……」

「はい。好き者が精の付く薬と珍重していますが、手前は余りお勧めしません
し、此処何年か売れた事はありません」

番頭は苦笑した。

「そうか、あるなら、見せては貰えぬか……」

「それは構いませんが、走野老が何か……」

番頭は、戸惑いを浮かべた。

「どんな物か、ちょいと見たくてな……」

半兵衛は笑った。

「そうですか。では、少々、お待ち下さい」

番頭は、帳場の奥にある薬簞笥の引出しの鍵を開け、小さな桐箱を取り出し
た。そして、桐箱を半兵衛の前に置き、蓋を取った。

桐箱の中には、黒い梅干しのような物が幾つか入っていた。

「こいつが走野老か……」

半兵衛は、黒い梅干しのような物を見た。

「はい。走野老は一尺四寸ほどの草でしてね。葉、茎、根、それに花や実も全部に毒がありまして、砕いて磨り潰してから、ちょいと蜂蜜を混ぜて干し、木の実のようにした物です。丸薬や粉薬にし、必要な分だけ茶や汁に溶かして飲んだりしますが、何分にも難しい薬ですので……」

番頭は、桐箱の中の走野老を見詰めた。

「此奴は素人にも作れるかな……」

半兵衛は尋ねた。

「此と同じにとはいきませんが、薬草に詳しい方なら作れるでしょうね」

「そうか。やはり、作れるか……」

半兵衛は頷いた。

もし、三枝平馬と博奕打ちの猪助の乱心が走野老に因るものなら、誰に何処でどうやって飲まされたかだ。

それは、おそらく三枝平馬と猪助を雇っていた得体の知れぬ金貸しが拘わっているのかもしれない。

得体の知れぬ金貸し……。

半兵衛は、得体の知れぬ金貸しが走野老を作っていると睨んだ。

茅町二丁目の一膳飯屋には客が出入りした。

半次と音次郎は、一膳飯屋の裏の家作を見張った。

しかし、家作に浪人の岩城伝八郎は帰っては来なかった。

「岩城伝八郎、帰って来ませんね」

音次郎は焦(じ)れた。

「落ち着け、音次郎。待つのも稼業(かぎょう)の内だ」

半次は苦笑した。

托鉢坊主が、経を読みながら不忍池の畔(ほとり)を通って行った。

半兵衛は北町奉行所に戻り、同心詰所にいた者に頭巾を被った十徳姿の得体の知れぬ金貸しを知っているか尋ねた。

「さあ、聞いた事がありませんね……」

定町廻り同心の風間鉄之助は、茶を啜(すす)りながら首を捻った。

「だろうな。で、他の者はどうかな……」

半兵衛は、他の同心たちに訊いた。

「頭巾に十徳の金貸しですか……」

定町廻り同心の野田市之丞が眉をひそめた。

「うん。市之丞、何か聞いた事があるか……」

「頭巾に十徳かどうか知りませんが、世間では人徳者と呼ばれていますが、裏では秘かに高利貸をしている者がいると聞いた事があります。そいつかもしれませんね」

市之丞は告げた。

「人徳者が裏で高利貸か……」

「はい……」

市之丞は頷いた。

「その人徳者、何処の誰だ……」

「さあ、そこ迄は……」

市之丞は首を捻った。

「分からないか……」

「ええ。ですが、その人徳者の高利貸、噂では入谷辺りにいるとか……」

「入谷か……」

半兵衛は、身を乗り出した。

「はい。ですが、噂ですよ。噂……」

「うむ。市之丞、火のない処に煙は立たぬと申してな。何かがあるから噂が立つのだとも云える……」

手掛かりの欠片(かけら)になるかどうかは分からないが、何もしないよりは良い……。

半兵衛は笑った。


大名屋敷の甍(いらか)に西日が映(は)えた。

茅町の一膳飯屋の家作に、浪人岩城伝八郎は未だ帰らなかった。

半次と音次郎は見張り続けた。

「岩城伝八郎、何処に行っているんですかね」

音次郎は、欠伸(あくび)を嚙み殺した。

「うん。ひょっとしたら、帰って来ないかもしれないな……」

半次は睨んだ。

「おう、どうだ……」

半兵衛がやって来た。

「旦那……」

半次と音次郎は迎えた。

「岩城伝八郎、帰って来ないか……」

半兵衛は、半次と音次郎の様子を読んだ。

「はい……」

半次は頷いた。

「よし。じゃあ、見張りを解いて、一緒に入谷に行くよ」

半兵衛は告げた。

「入谷……」

音次郎は眉をひそめた。

「何かありましたか……」

半次は訊いた。

「うん。頭巾に十徳の得体の知れぬ高利貸らしい奴の噂が、入谷にあるんだ」

半兵衛は教えた。

「じゃあ、直ぐに入谷に行ってみましょう」

張り込みに飽きていた音次郎は、張り切った。

「うん……」

半兵衛は苦笑した。

入谷の鬼子母神(きしもじん)の境内(けいだい)には、幼い子供たちの遊ぶ楽し気な声が響いていた。

「入谷で人徳者として評判の男ですか……」

半次は眉をひそめた。

「うん。世間的には人徳者だが、裏では高利貸をしている奴だ」

「それで名や素性を隠し、三枝平馬と猪助を使っていた……」

半次は読んだ。

「おそらくね……」

半兵衛は頷いた。

「で、名前や素性を知る三枝平馬と猪助の口を封じましたか……」

「だが何故、今、口を封じたのかは、未だ分からないけどね」

半兵衛は苦笑した。

「人徳者となると、坊さんか何処かの隠居ですかね……」

音次郎は読んだ。

「うむ。その辺かもしれないな……」

半兵衛は頷いた。

「ま、何れにしろ、界隈に聞き込みを掛けて、頭巾に十徳の高利貸を知らないかと、人徳者と評判の者の洗い出しから始めますか……」

半次は、入谷の町を見廻した。

入谷の町には寺が多かった。

「うむ……」

半兵衛、半次、音次郎は、夕暮れの入谷の町に聞き込みに散った。

何処かの寺が、暮六つの鐘の音を響かせ始めた。

三

入谷鬼子母神脇の蕎麦屋は、夜風に暖簾を揺らしていた。

半兵衛は、半次や音次郎と蕎麦屋で落ち合った。

「して、何か分かったかい……」

半兵衛は、半次と音次郎に徳利を向けた。

「畏れ入ります……」

半次と音次郎は、畏（かしこ）まって半兵衛の酌を受けた。

半兵衛は、酒を飲んだ。

半次と音次郎は続いた。

「いろいろ訊いて歩いたんですがね。頭巾に十徳の高利貸を知っている者はいませんでしたよ」

半次は、半兵衛に酌をした。

「あっしの方もです……」

音次郎は、早々に猪口を置いて蕎麦を手繰（たぐ）り始めた。

「そうか。頭巾に十徳の高利貸は浮かばないか……」

半兵衛は酒を飲んだ。

「ひょっとしたら、入谷を出てから頭巾と十徳に着替えているのかもしれませんね」

半次は読んだ。

「うむ。名や素性を隠しているのだ。おそらくそうかもしれないね」

半兵衛は頷いた。

「それで、人徳者なんですがね……」

半次は、笑みを浮かべた。

「大勢、いたか……」

半兵衛は、手酌で酒を飲んだ。

「まあ、そんな処でして……」

半次は頷いた。

「こっちもだよ」

半兵衛は苦笑した。

「本当に坊主が多い分だけ、人徳者も多いって処ですかね」

音次郎は、蕎麦を手繰りながら笑った。

「それにしても、もし頭巾に十徳の金貸しが坊主なら、坊主金ですか……」

坊主が金貸しとなって貸す金は、坊主金と称されていた。

「うむ。世間では立派な人徳者で通っている坊主が、裏では高利の金を貸しては、厳しく取り立てる冷酷な金貸しか……」

「それにしても、旦那。人徳者の裏の顔、どうやって見極めたら良いんですかね」

音次郎は、蕎麦を手繰る箸を止めた。

「それなのだが、人徳者の金貸しが三枝平馬と猪助に走野老を盛って口を封じたなら、何故、今なのかだ……」

「ええ。ひょっとしたら身辺を綺麗にしなければならない事が起こった……」

半兵衛は読んだ。

半次は読んだ。

「うん。そいつは、秘かに高利貸をしていると知れると、拙(まず)い事になる……」

「だから、名と素性を知る三枝平馬と猪助を始末した……」

「うむ。もしそうなら、近頃、その人徳者の身に何か変わった事が起こったか……」

半兵衛は睨んだ。

「じゃあ、近頃、何か変わった事のあった人徳者ですね」

音次郎は、身を乗り出した。

「おそらくな……」

半兵衛は頷き、手酌で酒を飲んだ。

寺の住職、町医者、大店(おおだな)の隠居……。

入谷で人徳者と呼ばれる者は多かった。

孤児や身寄りのない年寄りの世話をしている寺の住職……。

貧乏人の子供に読み書き算盤を教えている寺の住職……。

行き倒れの死人を無償で弔っている寺の住職……。

手に職のない若者を親方の許に連れて行き、修業をさせている大店の隠居……。

貧乏な病人から薬代を取らずに治療をする町医者……。

人徳者はいろいろいた。

半兵衛は、半次や音次郎と絞り込みを急いだ。

「孤児や身寄りのない年寄りの面倒を見ている法楽寺の住職の慈恵。貧乏人の子供に読み書き算盤を教えている万願寺の良雲。手に職のない若者を様々な仕事の親方の許で修業させている呉服問屋の隠居の仁左衛門。只で貧乏人の治療をする町医者の篠崎玄石、此の辺りですかね」

半次は告げた。

「それぞれ、近頃、何か変わった事があったのか……」

半兵衛は尋ねた。

「はい。法楽寺の慈恵は、その功績が認められて格式の高い寺の住職になる話があり、万願寺の良雲は本山に招かれるとか……」

半次は告げた。

「どちらも出世話があるのか……」

「はい。で、呉服問屋の隠居の仁左衛門は下谷御切手町(おきってまち)の肝煎に推挙(すいきょ)され、町医者の篠崎玄石は或(あ)る御大名家のお抱え医師になる話があるそうです」

「町役人にお抱え医師か……」

「町医者の篠崎玄石なら走野老も作れますね」

音次郎は意気込んだ。

「さあて、そいつはどうかな……」

半兵衛は首を捻った。

「えっ、違いますか……」

「うむ。医者が毒を遣うってのがね……」

「分かり易(やす)過ぎますか……」

「ああ。それに坊主も修行中に、薬草に詳しくなる者はいるからね」

半兵衛は読んだ。

「じゃあ、慈恵か良雲ですか……」

「それに仁左衛門。今は此の三人だね」

半兵衛は睨んだ。

「分かりました。慈恵に良雲、仁左衛門をもっと詳しく洗ってみますか……」

半次は頷いた。

「うん。そうしよう……」

半兵衛は、半次や音次郎と酒を飲んだ。

風が強くなったのか、鬼子母神の大銀杏の枝葉が鳴った。

法楽寺の境内には、住職の慈恵の読む経が響いていた。

庫裏や納屋、裏の小さな畑では、子供や年寄りたちが楽し気に出来る仕事をしていた。

半兵衛、半次、音次郎は、山門の陰から見守った。

「孤児と身寄りのない年寄りですか……」

音次郎は眺めた。

「うん。年寄りは孤児にいろいろ教え、孤児は年寄りからいろいろ教わるか……」

半兵衛は微笑んだ。

経が終わり、本堂から初老の坊主が出て来た。

「住職の慈恵ですぜ……」

半次は告げた。

「うむ……」

半兵衛は頷いた。

慈恵は、本堂から降りて庫裏の前の子供たちに近寄った。

「あっ、和尚さま……」

幼い子供たちは、慈恵に駆け寄った。

「おう、おう……」

慈恵は、駆け寄った幼い子供たちを笑顔で抱き上げた。

「流石は人徳者。随分、子供たちに好かれていますね……」

音次郎は感心した。

半兵衛と半次は苦笑した。

万願寺の本堂では、住職の良雲が集まった子供たちに字を教えていた。

良雲は、風采の上がらない中年男だった。

半兵衛、半次、音次郎は、境内の隅から眺めていた。

「良いか。人は一人では生きていけない。互いに支え合って生きる故、人と云う字になる」

良雲は、紙に人と云う字を書いて見せた。

子供たちは、騒めき頷いて人と云う字の稽古を始めた。

「成る程、良い事を云いますね。人徳者は……」

音次郎は、納得した面持ちで頷いた。

半兵衛と半次は、良雲の尤もらしい教え方に顔を見合わせた。

子供たちは、楽し気に字を教わっていた。


呉服問屋『越之屋』の隠居所は、入谷の外れにあった。

隠居の仁左衛門は、お内儀と中年の下男夫婦の四人で暮らしていた。そして、仕事のない若者の請け人となり、修業先や奉公先を探してやっていた。

「此処ですよ……」

半次と音次郎は、半兵衛を仁左衛門の隠居所に誘って来た。

「呉服問屋越之屋の隠居所か……」

半兵衛は、隠居所を眺めた。

隠居所は板塀に囲まれており、木戸門が開いた。

半兵衛、半次、音次郎は、物陰から見守った。

恰幅の良い白髪頭の年寄りが、職人風の若者を伴って木戸から出て来た。

「呉服屋越之屋の隠居の仁左衛門です」

音次郎は報せた。

「若い職人に仕事の口利きをしてやるんですかね……」

半次は読んだ。

「きっとね」

「見届けますか……」

「頼む……」

「はい。音次郎、旦那のお供をな……」

「合点です」

「じゃあ……」

半次は、仁左衛門と職人風の若者を追った。

「よし。じゃあ、音次郎。法楽寺に戻るよ」

半兵衛は、音次郎を従えて法楽寺に向かった。


法楽寺の裏の畑では、住職の慈恵が孤児と賑やかに畑仕事をし、境内では身寄りのない年寄りたちが孤児に竹細工作りなどを教えていた。

「長閑（のどか）なもんですね」

音次郎は微笑んだ。

「うん……」

半兵衛は、野良仕事をする慈恵を見守った。

慈恵は、野良仕事にも詳しく子供たちにいろいろ教えていた。

おそらく、毒草の走野老を知っている……。

半兵衛は睨んだ。

法楽寺の長閑な時は続いた。

「よし、音次郎。お前は此のまま慈恵を見張っていろ。私は万願寺の良雲を見て来る」

「合点です」

音次郎は頷いた。

半兵衛は、万願寺に向かった。

万願寺は、住職良雲が子供に読み書き算盤を教える時も終わり、静けさに覆われていた。

半兵衛は、万願寺を窺った。

万願寺には、住職の良雲と老寺男の二人が暮らしていた。

托鉢坊主が饅頭笠を被り、老寺男に見送られて庫裏から出て来た。

良雲か……。

半兵衛は、山門の陰から見守った。

托鉢坊主は、饅頭笠を上げて辺りを見廻して山門に向かって来た。

良雲だ……。

半兵衛は、物陰に潜んだ。

托鉢坊主姿の良雲は、万願寺の山門を出て下谷に向かった。

よし……。

半兵衛は、巻羽織を下ろして良雲の後を追った。

神田川には荷船が行き交っていた。

呉服屋『越之屋』の隠居の仁左衛門は、職人風の若者を伴って神田佐久間町の大工『大松』の店の暖簾を潜った。

半次は見届けた。

大工『大松』は、棟梁の松五郎が営む店で多くの弟子がおり、常に幾つかの普請を請負っていた。

仁左衛門は、職人風の若者を大工『大松』の棟梁松五郎に引き合わせる為に連れて来たのだ。

半次は読んだ。

仁左衛門は、仕事のない若者の人柄ややりたい仕事を訊き、適した職業の旦那や親方に口を利いてやっている。

それは、顔の広い大店の隠居だから出来る事なのだ。

僅かな刻が過ぎた。

仁左衛門は、職人風の若者と棟梁松五郎に見送られて出て来た。

仁左衛門は、職人風の若者に声を掛け、棟梁松五郎に深々と頭を下げて踵を返した。

職人風の若者は、頭を下げていつ迄も見送った。

仁左衛門は、神田川沿いの道を筋違御門に向かった。

半次は追った。


不忍池中之島弁財天には、多くの参拝人が行き交っていた。

托鉢坊主姿の良雲は、下谷広小路の賑わいを抜けて不忍池に出た。

半兵衛は尾行た。

良雲は、不忍池の畔を進み、古い小さな茶店に入った。そして、茶店の老婆に茶を頼んで饅頭笠を取り、辺りを見廻した。

托鉢を始める前に茶を一服か……。

半兵衛は、木陰から見守った。

「お待たせ致しました」

老婆が、良雲に茶を持って来た。

「忝い……」

良雲は茶を飲んだ。

小鳥の囀り(さえず)が響いた。

老婆は、首を横に振った。

何だ……。

半兵衛は戸惑った。

良雲は、茶碗で口元を隠して老婆に何事かを云ったのだ。そして、老婆は首を横に振って答えたのだ。

半兵衛は気が付いた。

良雲は何を云ったのか……。

半兵衛は眉をひそめた。

良雲は、老婆に茶代を払って縁台(えんだい)から立ち上がり、饅頭笠を被った。

半兵衛は見守った。

良雲は、老婆に見送られて茶店を出た。

さあて、これから何処に行く……。

半兵衛は、不忍池の畔を行く良雲を追った。

神田川に架かっている筋違御門を渡ると神田八ツ小路だ。
呉服問屋『越之屋』隠居仁左衛門は、神田八ツ小路に進んだ。
呉服問屋『越之屋』のある室町に行く……。
半次は読み、尾行た。
仁左衛門は、神田須田町の前を抜けた。
室町に行くなら、神田須田町筋を行くのが普通だ。
行き先は室町の店ではない……。
半次は戸惑った。
仁左衛門は、神田連雀町に進んで黒板塀の廻された仕舞屋に入った。
半次は、黒板塀の廻された仕舞屋を眺めた。
酒屋の手代が通り掛かった。
半次は呼び止めた。
「は、はい……」
手代は、怪訝な面持ちで立ち止まった。
「ちょいと訊きたい事があるんだが……」
半次は、懐の十手を見せた。

「は、はい……」

手代は、十手を見て緊張を滲ませた。

「此の家、誰の家だい……」

「ああ。此処は何処かの大店の御隠居さんのお妾の家ですよ」

手代は笑った。

「大店の御隠居の妾……」

半次は戸惑った。

「ええ……」

「何て大店の御隠居かな……」

半次は訊いた。

「さあ、そこ迄は……」

手代は、首を捻った。

「そうか、造作を掛けたね」

半次は、酒屋の手代を解放した。

大店の御隠居とは、呉服問屋『越之屋』の隠居の仁左衛門なのか……。

もしそうなら、人徳者と称されている仁左衛門が妾を囲っている事になる。

人徳者が妾か……。

半次は、戸惑いと違和感を覚えた。

ま、人徳者が妾を囲ってはならぬと云う御定めはない……。

半次は苦笑した。

托鉢坊主姿の良雲は、不忍池の畔を北から西に進み、根津から千駄木に向かった。

半兵衛は尾行た。

良雲は、托鉢をする事もなく千駄木の通りを西に進んだ。そして、団子坂から四軒寺町に抜けた。

何処迄行くのだ……。

半兵衛は、良雲を追った。

四

東光山大聖寺は、四軒寺町の先にあった。

良雲は、大聖寺の山門を潜って長い参道を進んだ。

東光山大聖寺は、入谷の万願寺を支配下に置く本寺なのかもしれない。

半兵衛は読んだ。

良雲は、大聖寺の境内にある僧坊(そうぼう)に入って行った。

半兵衛は見届けた。

良雲は、人徳者としての評判を上げ、本寺の大聖寺の役僧(やくそう)に迎えられるのを願っているのだ。

その為、良雲は大聖寺の高僧たちの使いっ走りをし、寺の雑務を手伝って評判を上げているのだ。

貧乏人の子供の為の寺子屋は、人徳者の評判を上げる道具の一つに過ぎない。

そいつが、人徳者の本性なのだ。

半兵衛は苦笑した。

おそらく、良雲の奉仕は夕方迄続く……。

半兵衛は睨み、来た道を戻った。

不忍池の畔に人影はなく、古い小さな茶店に客はいなかった。

「邪魔をするよ」

半兵衛は、茶店の縁台に腰掛けた。

「こりゃあ、旦那。おいでなさいまし……」

出て来た老婆は、半兵衛の巻羽織に目敏(めざと)く気が付いた。

「婆さん、茶を貰おうか……」

半兵衛は注文した。

「はい、只今……」

老婆は奥に入って行った。

良雲は、茶碗で口元を隠して老婆に何事かを告げた。

それは何か……。

半兵衛は、不忍池を眺めた。

不忍池は煌めいた。

「お待たせ致しました」

老婆が茶を持って来た。

「うん……」

半兵衛は茶を飲んだ。

「処(ところ)で婆さん……」

「はい……」

「万願寺の良雲、さっきお前さんに何を云ったんだい……」

半兵衛は笑い掛けた。

「えっ……」

老婆は驚いた。

「で、お前さんは首を横に振って返事をした」

「だ、旦那……」

老婆は狼狽えた。

「婆さん、下手に隠し立てをすれば、余生を伝馬町で送る事になるよ」

半兵衛は、笑顔で脅した。

「そんな……」

老婆は怯えた。

「だったら、何もかも正直に話すんだね」

「旦那、私は僅かなお金で、良雲さまの十徳と頭巾を預かっているだけです」

老婆は、声を震わせた。

「十徳に頭巾だと……」

半兵衛は眉をひそめた。

「はい。良雲さまはうちに立ち寄り、お坊さまの姿から十徳と頭巾姿になり、迎えに来た三枝の旦那と猪助をお供に出掛けていたんです」

老婆は吐いた。

「そうか。此処で着替えていたのか……」

「はい……」

「して、良雲、さっきは何を云ったのだ」

「お役人が三枝の旦那や猪助の事を訊きに来なかったかと。で、私はいいえと……」

「首を横に振ったか……」

「はい……」

老婆は、怯えを滲ませて頷いた。

嘘偽りはない……。

半兵衛は見定めた。

「よし。ならば、良雲の預けた十徳と頭巾を持って来て貰おうか……」

半兵衛は命じた。

「は、はい……」

老婆は、足早に奥に入って行った。

頭巾を被った十徳姿の高利貸は、人徳者と評判の入谷万願寺の住職良雲だった。

良雲は、人徳者との評判が上がり、本寺の大聖寺の役僧になる話が持ち上がった。そして、高利貸としての裏の顔を良く知る三枝平馬と猪助に走野老(はしりどころ)を飲ませ、首尾(しゅび)良く死に追いやったのだ。

半兵衛は睨んだ。

だが分からないのは、三枝平馬や猪助と連んでいた浪人の岩城伝八郎の行方だ。

岩城伝八郎は、三枝平馬と猪助の死の真相と頭巾と十徳姿の高利貸の正体を知り、既に良雲に始末されたのかもしれない。

半兵衛は思いを巡らせた。

「旦那……」

茶店の老婆が、風呂敷包みを持って来た。

「此(これ)か……」

半兵衛は、縁台の上で風呂敷包みを解いた。

風呂敷包みの中には、十徳と頭巾などが入っていた。

「で、婆さん。岩城伝八郎ですか……」

「浪人の岩城伝八郎と云う浪人は知らないかな……」

老婆は眉をひそめた。

「うん……」

「さあ、存じませんが……」

「そうか、知らないか。じゃあ、婆さん。此奴は預かるよ」

「は、はい……」

「で、良雲がそれを知ると、お前さんの命も危ない。暫くは店を閉めて身を隠すのだな」

半兵衛は、厳しい面持ちで告げた。

「旦那……」

老婆は、恐怖に喉を鳴らした。

「ま、僅かな金に眼が眩んで恐ろしい奴と拘わったと、諦めるんだね……」

半兵衛は哀れんだ。

不忍池の畔に木洩れ日が煌めいた。

入谷鬼子母神脇の蕎麦屋は、客で賑わっていた。

半兵衛は、半次や音次郎と二階の座敷に上がって蕎麦を頼んだ。

「して、音次郎。法楽寺の慈恵はどうだった」

「はい。檀家廻りに孤児たちと畑仕事、忙しい坊さんですよ」

音次郎は感心した。

「そいつは本物だな」

半兵衛は頷いた。

「ええ。呉服問屋越之屋の隠居、仁左衛門ですがね。若い者を神田佐久間町の大工大松の棟梁に引き合わせたのは良いんですが、その後、連雀町に囲っている妾の家に行きましてね」

半次は苦笑した。

「へえ、人徳者にも妾がいるんですか……」

音次郎は驚いた。

「ああ。御法度に触れる訳じゃあないからな」

「ま、人徳者もいろいろだ……」

半兵衛は、風呂敷包みを押し出した。

「旦那、此は……」

「頭巾と十徳だ……」

「えっ……」

半次は、風呂敷包みを手早く解いた。

中には頭巾と十徳が入っていた。

「頭巾と十徳……」

音次郎は、思わず声を上げた。

「万願寺の良雲が不忍池の畔の古い茶店に預け、着替えていた……」

半兵衛は告げた。

「じゃあ……」

「ああ。人徳者を装(よそお)った高利貸は、万願寺の良雲だ」

半兵衛は断定した。

「じゃあ、良雲が三枝平馬と猪助に走野老を飲ませた……」

「おそらくな。だが、確かな証(あかし)はない。隠し持っている筈の走野老を見付けるしかあるまい……」

「はい……」

「それに、浪人の岩城伝八郎だ……」

「旦那。ひょっとしたら岩城伝八郎、もう殺されているかも……」

半次は眉をひそめた。

「ですが親分。岩城伝八郎は乱心して走り廻っていませんし、死体が見付かってもいませんよ」

音次郎は首を捻った。

「そうか……」

半兵衛が何かに気が付いた。

「旦那、何か……」

「うん。死体を隠すのに一番良い処は何処だ」

「そりゃあ……」

「多くの死体の埋められている墓地だ……」

半兵衛は笑った。

「じゃあ、万願寺の墓地ですか……」

半次は読んだ。

「うむ。万願寺の墓地に此処三日の内に葬られた死体だ……」

半兵衛は睨んだ。

万願寺の墓地には、新しく死体が葬られた形跡は何処にもなかった。

半兵衛の睨みは外れた。

「でしたら、岩城伝八郎、殺されずに何処かにいるんですかね」

音次郎は首を捻った。

「さあて、そいつはどうかな……」

半兵衛は否定した。

「でしたら、どうします……」

半次は、半兵衛の出方を窺った。

「うん。こうなったら、ちょいと脅しを掛けるしかないかな」

半兵衛は、不敵に笑った。

「脅しですか……」

半次は眉をひそめた。

「ああ。それから半次、入谷の人徳者に行き倒れの死人を無償で葬る寺の住職がいたな……」

半兵衛は、半次に何事かを命じた。

夕暮れ時が近付いた。

托鉢坊主姿の良雲は、万願寺に帰って来て山門を潜り、境内に入った。

「御坊が高利貸の良雲さんか……」

頭巾を被って十徳を着た半兵衛が、本堂の階に腰掛けていた。

「えっ……」

良雲は、思わず怯んだ。

半兵衛は、立ち上がって階を下りた。

「その頭巾と十徳……」

良雲は、半兵衛の着ている十徳と被っている頭巾が茶店に預けている自分の物だと気が付き、戸惑った。

「ああ。ちょいと借りて来たよ」

半兵衛は苦笑し、頭巾と十徳を脱ぎ棄てた。

「北町奉行所白縫半兵衛……」

「お、おぬしは……」

半兵衛は笑った。

「白縫半兵衛さま……」

良雲は、怯えを過ぎらせた。

「うむ……」

「その白縫さまが、拙僧に何用ですか……」

良雲は、僅かに声を震わせた。

「良雲。お前、三枝平馬と博奕打ちの猪助を死に追い込んだね」

「拙僧が何故、どうしてそんな真似を……」

良雲は、半兵衛を見詰めた。

「良雲、お前が裏で非道な高利貸をしている事を知らぬ大聖寺の高僧が役僧に推挙してくれると知り、高利貸の手伝いをしていた三枝平馬と猪助を乱心した挙句に死んだと見せ掛けた。違うかな……」

半兵衛は、良雲に笑い掛けた。

「乱心した挙句、死んだと見せかけるなどと、どうやって……」

良雲は抗（あらが）った。

「そいつは、走野老（はしりどころ）だ」

半兵衛は笑った。

「は、走野老……」

「うむ。食べると眼を血走らせ、錯乱状態になって走り廻る毒草だ。お前はその走野老を精の付く薬だと云い、三枝平馬と猪助に飲むように仕向けた。そうだな」

半兵衛は、良雲を厳しく見据えた。

「し、知らぬ。拙僧は知らぬ。それに、拙僧が何故、三枝平馬と猪助を殺さなければならないのだ」

良雲は、必死に抗った。

「人徳者良雲の正体が非道な高利貸だと知っている。だから口を封じた……」

「し、知らぬ。拙僧は何も知らぬ。何の拘わりもない……」

良雲は、怒りを滲ませた眼を半兵衛に向け、声を震わせた。

「人徳者の坊さんにしては、往生際（おうじょうぎわ）が悪いな」

半兵衛は苦笑した。

「そんな……」

良雲は、嗄れ声を震わせて後退りし、身を翻した。

半次と音次郎が背後にいた。

良雲は立ち竦んだ。

「おう。どうだった……」

半兵衛は、半次と音次郎に声を掛けた。

「はい。二日前、行徳寺が行き倒れの浪人の死体を葬っていましてね。そいつがどうやら岩城伝八郎のようです」

半次は報せた。

刹那、良雲は逃げようとした。

「じたばたするんじゃあねえ」

音次郎が飛び掛かり、素早く捕り押さえた。

「旦那。行徳寺の御住職は、良雲に頼まれて葬ったと云っていますよ」

半次は、良雲を冷たく一瞥して半兵衛に告げた。

「良雲。岩城伝八郎は三枝平馬からお前の正体を聞いていて、強請でも掛けて来たから殺したか……」

半兵衛は蔑んだ。

良雲は項垂れた。

「そうか。入谷万願寺住職良雲、もう此迄だ。神妙にするんだな」

半兵衛は、項垂れている良雲に厳しく云い放った。


「走野老……」

大久保忠左衛門は、筋張った細い首を伸ばした。

「はい。山の日陰に生える草で、食べると錯乱状態になり、所構わず走り出す毒草です」

半兵衛は告げた。

「で、一人は神田川に落ちて死に、一人は侍に斬られたか……」

忠左衛門は、首筋を引き攣らせて読んだ。

「はい……」

半兵衛は頷いた。

「で、その恐ろしい走野老を三枝平馬と猪助に盛ったのが、人徳者と評判の入谷の坊主だったのか……」

「はい。入谷万願寺の住職の良雲。貧乏人の子供を集め、只で読み書き算盤を教えている人徳者。ですが、その裏では三枝平馬と猪助を使って非道な高利貸をしていた……」

「おのれ……」

「そして、本寺での役僧に推挙されると知り、人徳者の裏の顔を知る三枝平馬と猪助の口を封じた……」

半兵衛は報せた。

「おのれ、人徳者の皮を被った外道が……」

忠左衛門は、細い首の喉仏を怒りに震わせた。

「ま、此度の一件、そのような事でした」

半兵衛は、忠左衛門への報告を終えた。

「うむ。御苦労だった、半兵衛。それにしても、走野老。恐ろしい毒草だな……」

忠左衛門は、細い筋張った首を鳴らした。

大久保忠左衛門は、僧籍を剝奪された良雲を死罪に処した。そして、入谷万願寺は取り壊しになった。

神田八ツ小路には、多くの人が行き交っていた。

半兵衛は、半次や音次郎と市中見廻りで通り掛かった。

「あっ……」

音次郎が声を上げた。

「どうした、音次郎……」

半次は眉をひそめた。

「あれを見て下さいよ」

音次郎は、行き交う人々を指差した。

半次と半兵衛は、音次郎の指差した相手を見た。

そこには、呉服問屋『越之屋』の隠居の仁左衛門が豊満な身体の若い女と連雀町に向かっていた。

「人徳者の仁左衛門さんです……」

音次郎は告げた。

「あの女が妾ですか……」

半次は、豊満な身体の若い女を眺めた。

「きっとね……」

半兵衛は苦笑した。

仁左衛門と若い女は、いちゃつきながら連雀町の通りに入って行った。

「良いんですかね、人徳者が……」

音次郎は、不服そうに見送った。

「音次郎、人徳者も人だ。いろいろいるさ」

「ですが……」

「ま、仁左衛門に助けられた者が大勢いるのも確かだ。世の中には私たち町奉行所の者が知らん顔をした方が良い事もあるさ……」

半兵衛は苦笑し、神田八ツ小路を神田川に掛かっている昌平橋に進んだ。

この作品は双葉文庫のために書き下ろされました。